국어 교과서 작품 읽기

중3 수필

국어 교과서 작품 읽기: 중3 수필

전면 개정판 1쇄 발행 • 2019년 12월 13일
전면 개정판 9쇄 발행 • 2024년 11월 20일

엮은이 • 박종호 주예지
펴낸이 • 염종선
책임편집 • 정편집실
조판 • P.E.N.
펴낸곳 • (주)창비
등록 • 1986년 8월 5일 제85호
주소 • 10881 경기도 파주시 회동길 184
전화 • 031-955-3333
팩시밀리 • 영업 031-955-3399 편집 031-955-3400
홈페이지 • www.changbi.com
전자우편 • ya@changbi.com

ISBN 978-89-364-5913-0 44810
ISBN 978-89-364-5910-9 (전3권)

국어 교과서 작품 읽기

박종호 · 주예지 엮음

창비

'국어 교과서 작품 읽기' 전면 개정판을 펴내며

우리는 학교에서 여러 과목을 공부합니다. 과목마다 학습 방법도 재미도 다르지만, 한 가지 공통점이 있다면 모두 우리말, 우리글로 이루어진다는 점입니다. 달리 말해 국어 공부가 바탕이 되지 않으면 다른 과목이 더 어렵게 느껴질 수도 있지요. 더욱이 국어는 학교에서 배워야 하는 공부의 대상일 뿐 아니라 우리 삶 곳곳에서 쓰이는 소통의 도구입니다. 따라서 국어를 익히는 과정은 세상과 소통하는 법을 배우며 한 인간으로서 성장하는 과정이기도 합니다.

'국어 교과서 작품 읽기'는 2010년 출간된 이래 수많은 학생들과 학부모, 선생님들에게 큰 관심과 사랑을 받아 왔습니다. 이전까지 한 권이던 국정 국어 교과서에서 여러 권의 검정 국어 교과서로 바뀌면서 나오기 시작한 '국어 교과서 작품 읽기'는 변화된 교육 과정에 발맞추어 다종의 국어 교과서에 실린 문학 작품을 갈래별로 가려 뽑아 재구성해 다채로운 작품을 접할 수 있게 한 시리즈입니다. 초판 이후 2013년부터 새로운 교육 과정에 맞추어 개정판을 냈으며, 이번에 다시 한번 개정된 교육 과정에 맞추어 2020년 새 국어 교과서 9종에 대비하는 '전면 개정판'을 내게 되었습니다.

2018년부터 시행되고 있는 '2015 개정 교육 과정'은 학생이 자신과 세계를 이해하고 공동체의 구성원으로 소통하는 법을 배울 수 있도록 국어 교과 역량을 기르는 것을 강조합니다. 즉 비판적·창의적 사고 역량, 자료·정보 활용 역량, 의사소통 역량, 공동체·대인 관계 역량, 문화 향유 역량, 자기 성찰·계발 역량 등을 키우는 일이 중요해집니다. 이를 위해 과목을 넘나드는 창의 융합 활동이 제시되고, 학습량을 20퍼센트 가까이 줄이는 대신 학습의 질을 높였습니다. 국어 교과서에서도 문학 작품을 인문, 과학 영역과 접목해 통합적으로 읽고 생각하기를 권장하고 있습니다.

이번 '국어 교과서 작품 읽기'는 이처럼 문학 작품 독해의 질을 높이고 국어 능력을 강조하는 교육 과정의 큰 변화에 발맞추어 전면 개정한 것입니다. 이 시리즈는 문학 작품을 읽어 가면서 느낀 재미와 감동을 확인하고 생각하는 힘을 기르는 데 도움을 줄 것입니다.

수필은 나와 내 주변에서 일어난 일을 겪고 나서 쓴 글, 곧 자신의 체험에서 길어 올린 생각이나 느낌을 자연스럽게 드러내는 글입니다. 나아가 사물이나 대상을 이해하기 쉽게 설명하거나, 누군가를 설득하려고 자신의 주장을 굳게 내세운 글도 수필에 넣을 수 있습니다.

이 책에는 수필 33편을 실었습니다. 9종의 국어 교과서에 실린 수필을 꼼꼼하게 읽은 뒤에 중학교 3학년 수준에서 재미있고 즐겁게 읽을 수 있는 글, 글쓴이의 관점을 파악하고, 주장과 근거를 살펴보는 글, 생각을 깊고 넓게 펼쳐 가도록 돕는 글을 골라서 배열했습니다.

1부는 글쓴이가 나름의 관점을 펼친 글, 독자를 설득하기 위해 주장과 근거를 드러낸 글을 묶었습니다. 글에는 글쓴이의 생각과 가치관이 담겨 있습니다. 똑같은 사물이나 대상을 다루어도 글쓴이가 누구냐에 따라서 다른 관점을 보여 주고, 형식도 다양한 모습으로 나타납니다. 또한 글에 나타난 주장과 근거를 파악하며 읽다 보면 전체의 구조를 이해할 수 있습니다.

2부는 다양한 삶의 모습이 담긴 글을 묶었습니다. 어릴 적 이슬을 떨어 주었던 어머니의 사랑을 전하는 글, 현대 육식 위주의 식생활을 날카롭게 비판한 글도 있습니다. 집을 수리하면서 깨달음을 얻은 선인의 지혜가 담긴 글과 청중의 마음을 움직이는 연설문도 넣었습니다. 다양한 삶의 모습이 담긴 글은 잔잔한 감동과 즐거움을 주면서 자신의 삶을 돌아보게 합니다.

이 책을 읽다가 낯선 화제를 다룬 글을 만나면, 글쓴이의 관점, 주장과 근거가 무엇인지 따져 살펴보고, 여기에서 나아가 조금 '다르게' 바라보는 연습을 해 보기 바랍니다. 또한 타인의 삶의 모습을 다룬 이야기를 접하면서 자신의 삶을 '새롭게' 만나는 계기가 되길 바랍니다. 아울러 '진짜 공부'란 여러분 스스로 살아가는 데 도움이 되는 힘을 기르고 자기를 풍요롭게 가꾸는 데 있다는 것을 깨달았으면 좋겠습니다.

2019년 12월

박종호 주예지

차례

1부 유럽은 왜 빵빵 할까?

2부 어머니는 왜 숲속의 이슬을 떨었을까?

일러두기

1. '2015 개정 교육과정'에 따른 중학교 검정 교과서 9종 『국어』 3-1, 3-2에 수록된 수필 중에서 33편을 가려 뽑아 수록하였습니다.
2. 집필진이 손질한 교과서 수록 글을 저본으로 삼았고, 일부는 단행본에 실린 글을 저본으로 삼았습니다.
3. 한자는 모두 한글로 바꾸고 꼭 필요한 경우에만 괄호 안에 넣었습니다.
4. 낱말 풀이를 달았습니다.
5. 활동의 예시 답안은 창비 홈페이지(www.changbi.com)의 '도서-자료실-어린이 청소년 자료실'에 있습니다.

1부

유럽은 왜 빵빵 할까?

1부에는 글쓴이의 관점과 글의 형식을 이해하는 데 도움을 주는 글, 독자를 설득하기 위한 주장과 근거를 제시한 글 등을 엮었습니다. 글은 글쓴이의 생각과 가치관을 담고 있습니다. 똑같은 사물이나 대상을 다루어도 글쓴이가 누구냐에 따라 담고 있는 생각은 다릅니다. 이렇게 글쓴이는 자신이 대상을 보는 관점을 적절한 형식에 담아 내놓게 됩니다. 동일한 화제를 놓고도 글쓴이가 누구냐에 따라서 다른 관점을 보여 주고, 형식도 다양한 모습으로 나타납니다.

또한 글쓴이는 독자를 설득하기 위해서 자신이 말하고자 하는 주장과 이를 뒷받침하는 근거를 제시합니다. 글에 나타난 주장과 근거를 파악하며 읽다 보면, 논증 방법을 파악할 수 있고, 그 논증 방법을 중심으로 글 전체의 구조를 이해할 수 있습니다.

우리는 글을 읽을 때마다 글쓴이가 어떤 관점에서 이렇게 말하고 있는지, 형식은 어떻게 다른지 눈여겨보아야 합니다. 또한 글의 전체 맥락을 잘 살펴서 어느 한쪽으로 치우치기보다 균형 잡힌 시각을 유지하는 것이 중요합니다.

유럽은 왜 빵빵 할까?

조지욱

바삭하고 구수한 바게트는 프랑스의 대표 빵이다. 바게트는 딱딱하게 구운 빵으로, 구수한 맛이 나는 누룽지와 만드는 원리가 비슷하다. 프랑스의 빵은 만든 후 8시간 안에 먹어야 그 맛을 제대로 느낄 수 있다고 한다. 그래서 프랑스 사람들은 빵을 먹을 때마다 필요한 만큼만 산다. 프랑스빵은 크기나 모양에 따라 이름이 제각기인데 바게트는 길이 67~68센티미터, 무게 280그램의 빵이다. 프랑스에서는 신선한 빵 맛을 위해 비닐 포장지 대신 통풍이 잘 되는 포장지를 쓴다고 한다. 통풍이 안 되면 빵 표면이 눅눅해지기 때문이다.

독일의 대표 빵, 프레첼은 중세 교회에서 구운 축제용 빵인데 매듭 모양으로 되어 있다. 밀가루 반죽에 소금을 뿌려 구워 낸 프레첼은 주로 아침 식사용으로 먹지만, 짭짤하고 쫄깃하여 맥주와 함께 먹기도 한다. 맥주 안주용으로도 안성맞춤인 프레첼은 매년 뮌헨에서 열리는 세계 최대 규모의 맥주 축제

덕분에 더 유명해졌다.

영국으로 가면 잉글리시 머핀이 기다린다. 이 빵은 비단길을 따라 유럽에 온 중국의 호떡에서 유래하였다. 잉글리시 머핀은 빵을 구울 때 이스트나 베이킹파우더를 사용하여 팽창시킨 것으로, 수평으로 잘라 햄이나 소시지, 야채를 올려 먹거나 버터나 잼을 발라 먹으면 더 맛있다. 이 외에도 덴마크의 대니시 페이스트리, 네덜란드의 더치 브레드 등 유럽의 빵은 그 종류도 이름도 다양하다.

북서 유럽은 영국, 프랑스 북부, 독일, 네덜란드, 덴마크, 스칸디나비아 3국(노르웨이, 스웨덴, 핀란드)을 포함하는 곳이다. 이곳에는 오늘날 많은 사람들이 살고 싶어 하는 나라들이 많다. 우리나라 사람 중에도 독일이나 노르웨이의 사회 제도를 부러워하는 사람들이 많다. 하지만 이곳의 기후는 사회 제도만큼 좋지는 않다. 북서 유럽의 기후를 서안 해양성 기후라고 하는데, 이는 대륙의 서쪽에 있으면서 바다의 영향을 받기 때문에 붙여진 이름이다.

북서 유럽은 대부분 중위도에 속하며 유라시아 대륙의 서쪽

에 있고, 편서풍의 영향을 크게 받는다. 편서풍은 중위도에 부는 바람으로 서쪽에서 동쪽으로 분다. 과거 콜럼버스가 아메리카 대륙을 발견하고 난 후 다시 유럽으로 돌아올 때 이용했던 바람도 편서풍이다. 대서양을 지나며 바다의 습한 성질을 가지게 되는 편서풍은 북서 유럽에 도착해서 기후에 영향을 준다. 바다는 육지에 비해 서서히 데워지기 때문에 여름에도 기온이 많이 오르지 않는다. 그래서 북서 유럽에는 여름 평균 기온이 영상 22도를 넘지 않는 곳이 많다. 이런 까닭으로 북서 유럽인들은 서늘하고 건조해도 잘 자라는 밀을 재배하고, 너른 풀밭을 이용해서 소를 키웠다. 밀은 그냥 먹으면 쌀처럼 달달하지 않고, 까칠하며 맛이 없다. 그래서 가루를 내어 빵이나 면을 만들어 먹은 것이다.

북서 유럽에는 메마른 땅이 많다. 빙하기 때 토양이 빙하로 덮여 있어서 새로운 퇴적물이 쌓이지 못해 영양분을 공급받지 못한 탓이다. 워낙 박토이다 보니 농사를 몇 년 지으면 아예 못 쓰는 땅으로 바뀌었다. 그래서 어떤 농부는 감자, 사탕무, 밀 등 땅으로부터 영양분을 많이 빼앗아 가는 것과 그렇지 않은 것을 돌려 가며 농사를 지었다. 또 어떤 농부는 경지를 계절에 따라 경작을 하는 땅과 쉬게 하는 땅으로 나누고, 일정

• 편서풍 위도 30~60도 사이의 중위도 지방에서 일 년 내내 서쪽에서 동쪽으로 치우쳐 부는 바람.
• 퇴적물 암석의 파편이나 생물의 유해 따위가 물, 빙하, 바람, 중력 따위의 작용으로 운반되어 땅 표면에 쌓인 물질.
• 박토 메마른 땅.

기간이 지나면 그 순서를 바꾸었다. 휴경지•는 경지가 되고, 경지는 휴경지가 되게 한 것이다.

유럽의 빵 맛을 결정한 숨은 주인공은 소금이다. 북서 유럽에 있는 북해 연안은 세계적인 갯벌 지역으로, 북서 유럽 국가들은 최고급 천일제염•을 만드는 기술을 자연스럽게 보유할 수 있었다. 프랑스에서 생산되는 '플뢰르 드 셀(소금의 꽃)'은 유럽 최고의 소금으로 프랑스 고급 요리에 반드시 들어간다고 한다.

오래전부터 북서 유럽에서는 빵을 즐겨 먹었다. 당시의 빵은 지금처럼 화려하지도 재료가 복잡하지도 않았다. 그들은 밀가루에 물과 약간의 소금만 넣어서 자연 발효로 만든 투박하게 생긴 빵을 즐겨 먹었다. 크기도 수박만 한 것이 있을 만큼 지금보다 훨씬 컸다. 작게 만들면 금방 딱딱해져서 오래 보관할 수 없었기 때문이다. 시간이 흐르면서 어떤 빵은 그 모습 그대로 명품이 되었고, 어떤 빵은 시대에 맞게 변화하여 명품이 되었다.

유럽은 신대륙 발견 이전까지만 해도 농사에 불리한 자연환경 때문에 먹고사는 것이 참 힘들었다. 그러나 시련이 사람을 강하게 만들어 주듯이 서늘한 여름, 빙하 박토라는 열악한 환경은 유럽인들로 하여금 세계 최고의 빵을 만들게 했다. 유럽

• 휴경지 묵힌 땅. 땅을 갈아서 농사짓다가 내버려 둔 땅.
• 천일제염 소금 제조법의 하나. 염전에 바닷물을 끌어 들여서 태양열로 수분을 증발시켜 식염을 결정시키는 방법으로, 강우량이 적고 공기가 건조한 지역에 적합하다.

을 '빵빵'하게 만든 것은 바로 열악한 자연환경을 극복한 그들의 땀방울인 셈이다.

조지욱 1962~

지리 교사. 고등학교에서 한국 지리와 세계 지리를 가르치고 있다. 지은 책으로 『동에 번쩍 서에 번쩍 우리나라 지리 이야기』『동에 번쩍 서에 번쩍 세계 지리 이야기』『길이 학교다』『문학 속의 지리 이야기』 등이 있다.

채식은 만병통치약일까

강양구

최근 고기를 거부하고 채식을 선택하는 이들이 부쩍 늘었습니다. 이유는 천차만별이지만 그중 고혈압, 당뇨, 비만 등의 질환으로부터 건강을 지키려 채식을 선택하는 이들이 가장 많죠. 어떤 이들은 구제역 때문에 소나 돼지 수백만 마리가 심지어 산 채로 매장당하는 모습을 보면서 채식에 나섰죠.

많은 사람은 채식이 자신의 건강도 지키면서 지구도 지키는 방법이라고 여깁니다. 채식이 단순히 개인의 식습관이 아니라 일종의 사회 운동으로 받아들여지는 것도 이 때문이죠. '육식주의자'라는 말은 없지만 '채식주의자'라는 말이 있는 것도 이런 사정과 무관하지 않고요.

그런데 채식이 정말로 만병통치약일까요? 육식 위주의 서양 식단이 대세가 되면서, 예전에 비해 육류 소비가 크게 늘어 그에 따른 여러 가지 건강의 부작용이 나타난 것은 사실이에요. 그러니 육류 섭취를 줄이는 방향 자체는 맞습니다. 하지만 무

조건 채식만 하면 건강할지를 놓고는 꼼꼼히 따져 볼 필요가 있습니다.

우선 채식과 먹을거리를 제대로 섭취하지 못하는 식이 장애• 의 상관관계를 보여 주는 연구 결과가 있어요. 채식을 하는 10대 청소년은 고기를 함께 먹는 또래에 비해 다이어트에 집착할 가능성이 두 배나 높습니다. 또 억지로 구토할 가능성도 네 배나 높아요. 채식하는 여성의 경우에는 식이 장애뿐만 아니라 우울증도 많이 나타나죠.

실제로 주변의 경험을 보면, 채식으로 건강이 좋아진 사람만

• 식이 장애 음식을 섭취하는 것과 관련한 심리적 이상 현상이나 병적 증세. 먹는 것을 두려워하거나 거부하는 거식증, 한꺼번에 지나치게 많이 먹는 폭식증 따위가 있다.

큼이나 건강이 망가진 사람도 많습니다. 어찌 보면 이런 결과는 당연해요. 비만, 심혈관 질환 등에 대한 많은 연구는 공통적으로 유전, 즉 개인별 특성이 이 같은 질환에 큰 영향을 준다고 지적합니다. 그러니 특정 개인의 건강에 채식 식단이 좋다고 해서 다른 개인의 건강에도 유익하리란 법은 없습니다.

특히 성장에 단백질과 지방이 필요한 영·유아나 청소년이 채식만 할 경우 득보다는 실이 많습니다. 왜냐하면 육식이야말로 우리 몸이 단백질, 지방을 가장 쉽게 흡수할 수 있는 방법이니까요. 그러니 술, 담배 등에 찌들 대로 찌든 데다 각종 회식에서 육류를 자주 섭취하는 성인의 몸에 채식이 좋다고 해서, 그걸 그대로 성장기 영·유아나 청소년에게 강요하다가는 낭패를 볼 수 있어요.

강양구 1977~
기자. 연세대학교 생물학과를 졸업하고, '프레시안' 기자로 일했다. 지은 책으로 『세 바퀴로 가는 과학자전거』 『아톰의 시대에서 코난의 시대로』 『수상한 질문, 위험한 생각들』 등이 있다.

신대륙의 숨은 보물, 고추 이야기

홍익희

중세 유럽의 향신료 탐험은 1492년 콜럼버스의 신대륙 발견으로 이어졌습니다. 자신이 밟은 땅을 인도라고 착각한 콜럼버스는 후추를 찾지 못했지만 대신 감자와 고추를 발견했습니다. 그는 자신의 일기에 '후추보다 더 좋은 향신료'라고 고추를 평했습니다.

이후 콜럼버스가 유럽으로 전한 고추는, 16세기 포르투갈과 네덜란드 상인을 거쳐 아시아, 아프리카까지 퍼져 나갔습니다. 그렇게 고추는 한 세기 만에 전 세계로 전해졌고, 많은 사람의 입맛을 사로잡게 되었습니다. 그만큼 고추는 신대륙과 함께 발견한 또 다른 보물이었던 셈입니다.

우리가 알고 있는 고추

현재 세계 곳곳에서 고추의 매운맛을 즐기고 있습니다. 우리가 고추장을 즐겨 먹듯 고추의 원산지인 멕시코를 중심으로

타바스코, 칠리소스 등 매운 소스가 발전했습니다. 동남아에서도 덥고 습한 날씨 때문에 음식에 곁들이는 양념이 발달해 인도네시아의 삼발, 태국의 남프릭 등 매운 소스가 개발되었습니다. 또 인도에서는 매운 품종의 고추가 많이 생산되고 있는데, 특히 아삼 지역에서는 엄청난 매운맛을 자랑하는 부트졸로키아 고추가 재배되었습니다.

한편, 우리가 잘 알고 있는 '달콤한' 고추, 파프리카는 부드러운 고추의 변종으로 미국의 열대 지역에 뿌리를 두고 있습니다. 터키를 대표하는 향신료인 파프리카는 오스만 제국 당시에 헝가리로 전파되었습니다. 파프리카는 단맛부터 매운맛까지 다양한데, 이 중 순한 맛의 파프리카 가루는 헝가리를 대표하는 향신료가 되었습니다. 헝가리식 쇠고기 스튜 '굴라시'는 파프리카를 활용한 가장 대표적인 음식입니다. 이렇게 고추는 매운맛, 순한 맛 가릴 것 없이 전 세계인의 입맛을 사로잡은 것입니다.

고추의 한국 입성

고추는 우리 식탁에서 빼놓을 수 없는 향신료이지만, 우리나라에 고추가 들어온 지는 400년밖에 되지 않는다고 합니다. 고추가 국내로 들어오게 된 시기를 놓고 의견이 분분한데, 임진왜란 즈음에 일본으로부터 들어온 것이라는 설이 일반적입니다.

중남미에서 유럽으로 건너온 고추는 포르투갈 무역선에 실려 1540년대 마카오와 중국 무역항에 도착합니다. 그리고 1543년 포르투갈 상인이 일본 규슈까지 전하게 됩니다. 그렇게 고추는 일본을 거쳐 지금의 부산인 동래 왜관•을 통해 들어와 본격적으로 재배되기 시작했습니다. 임진왜란 즈음에 이미 고추 재배가 경상도 일대로 퍼져 나간 것입니다. 재배가 어렵지 않은 덕분에 그 뒤 고추는 남에서 북으로 점차 확산되었습니다.

한국을 대표하는 김치는 고추 맛을 가장 잘 보여 주는 음식입니다. 하지만 김치가 원래부터 매웠던 것은 아니라고 합니

• 왜관 조선 시대 입국한 왜인(倭人, 일본인)들이 머물면서 외교적인 업무나 무역을 행하던 관사.

다. '국물이 많은 절인 채소'라는 의미의 '침채'가 김치의 어원인데, 여기에 고추를 넣어 담그게 된 것은 1700년경부터입니다. 그 전까지는 마늘이나 산초, 생강, 파 등을 매운맛을 내는 향신료로 사용하고, 소금으로 간을 해서 발효하여 먹었습니다.

1614년 이수광이 편찬한 『지봉유설』에서는 일본에서 전래되었다 해서 고추를 '왜개(일본에서 들어온 겨자)'라고 불렀으며, 이익은 『성호사설』에서 '왜초'라고 일컬었습니다. 당시에는 고추를 일본인이 조선인을 독살할 목적으로 가져온 독초로 취급했다고 합니다. 그래서 멀리해 오다 향신료 가격이 오르면서 점차 고추로 눈을 돌리게 되었습니다. 18세기 들어 김치나 젓갈의 맛이 변하는 것을 방지하고 냄새를 제거하는 용도로 고추가 사용되면서 비로소 매운맛의 재료로서 자리 잡게 된 것입니다. 그 뒤 고추를 고초라고 불렀는데 이는 후추같이 매운맛을 내는 식물이라 하여 붙인 이름입니다. 이러한 과정을 거쳐 고추의 매운맛이 서민들 밥상에 정착하게 된 것은 19세기 초반이었습니다. 한국 요리가 맵다는 고정 관념도 실제로는 200년 남짓밖에 되지 않았다는 이야기입니다.

고추는 단순한 양념에서 더 나아가 고유한 민속주를 만드는 데에도 사용되었습니다. 고추감주라 하여 고춧가루를 탄 감주는 감기를 낫게 하는 약으로 먹는 민속주입니다. 또 고추는 민속 약으로 쓰이기도 했습니다. 신경통, 동상, 이질, 담 등의 민간요법에 쓰였습니다. 우리나라 사람들은 이질 등 세균이 침입해 염증을 일으키는 소화기 질환에 비교적 강한 반면, 매운 것을 잘 먹지 못하는 일본인들이 이질에 매우 약한 것을 보면 고추는 확실히 소화 기관을 강하게 만드는 것 같습니다.

우리에게 너무나도 친숙한 고추는 많은 매력을 지닌 채소로, 우리 민족과는 떼려야 뗄 수 없는 찰떡궁합인 향신료입니다. 보건복지부의 조사(2005년)에 따르면 우리나라는 1인당 하루 고추 소비량이 7.2그램으로, 세계 최고 수준이라고 합니다. 심지어 매운 고추를 고추장에 찍어 먹는 유일한 나라입니다. 명실상부한 매운맛 대국입니다. 이제 고추의 알싸한 매운맛은 세계인들이 자꾸 찾는 맛이 되어 가고 있습니다.

홍익희 1952~

기업인, 저술가. 한국외국어대학교 스페인어과를 졸업했다. 파나마, 멕시코, 마드리드, 밀라노 등지의 무역관장을 지냈다. 지은 책으로 『유대인 이야기』 『세 종교 이야기』 『세상을 바꾼 다섯 가지 상품 이야기』 『달러 이야기』 『환율전쟁 이야기』 『세상을 바꾼 음식 이야기』 『문명으로 읽는 종교 이야기』 등이 있다.

인간의 서식지를 예감한다

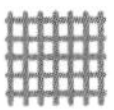

김찬호

사람은 동물을 좋아한다. 아이들은 동물을 보면 눈빛을 반짝이고, 어른들의 세계에서도 애완동물은 각별한 사랑을 받는다. 인류는 오랜 역사 속에서 다른 동물들과 '서바이벌 게임'을 벌이면서도, 문화적인 차원에서 그들에게 독특한 정서와 의미를 부여해 왔다. 고대의 많은 신화들에서 동물들은 '환웅'처럼 초월적인 상징으로 군림하는데 이는 토테미즘과 관련이 깊다.

만화와 동화에서는 수많은 동물이 의인화된 캐릭터로 등장한다. 또한 일상 언어에서도 사람의 성향이나 어떤 상황을 묘사할 때 종종 동물에 빗댄다. '여우처럼 교활하다', '늑대처럼 엉큼하다', '곰처럼 미련하다', '양처럼 온순하다', '꾀꼬리 같은 목소리', '잉꼬부부', '기러기 아빠', '철새 정치인', '레임덕', '평화의 비둘기', '매파와 비둘기파', '개미군단', '다크호스', '상아탑', '쥐꼬리만큼', '장사진(長蛇陣)을 이룬다(긴 뱀처럼 행렬이 늘어서 있다는 뜻)'……. 동물들은 신성함의 아이콘에서 인간성의 표상에 이르기까지 다양한 이미지로 채색되어 온 것이다. 물론 그 가운데 많은 부분은 그 동물의 실제 속성과 무관하게 인간이 지어낸 허구적인 이미지이다.

산업화와 도시화 과정에서 인간과 동물의 관계는 많이 소원해졌다. 맹수의 위협을 받는 일도 없어졌거니와 아름다운 새소리를 접하기도 어려워진 것이다. 그뿐만 아니라 날로 위생적으로 개선되어 가는 주거 환경에서 쥐나 바퀴벌레 등도 점점 줄어든다. 요즘 아이들은 대부분의 동물을 실물보다 그림책이나 텔레비전을 통해 먼저 접한다. 그렇다면 저개발 국가의 경우는 어떨까? 아프리카의 비극적인 상황을 증언하는 구로야나기 데쓰코의 『토토의 눈물』이라는 책에는 이런 일화가 실려 있다. 탄자니아의 어느 초등학교에 갔을 때 어느 텔레비전 방송국 사람이 아이들에게 도화지와 크레용을 주면서 아무 동물이나 그려 보라고 주문했다. 그런데 아이들이 내놓은 그림 가운데 큰 짐승을 그린 것은 두 점밖에 없었고, 나머지는 파리 같은 벌레나 다리가 가느다란 새를 그린 것이었다. 기린이나 얼룩말 같은 야생 동물들이 다양하게 나올 것이라 예상했던 기대는 어긋났다. 아프리카에서는 몇몇 보호 구역에서만 동물을 볼 수 있는데, 그 아이들은 그런 곳을 구경하러 갈 수 없다. 그나마 간접적으로 동물을 볼 수 있는 텔레비전이나 그림책도 없었기에 그렇게 그림을 그린 것이다.

그에 비해 우리는 미디어를 통해 여러 종류의 동물들을 언제든 볼 수 있다. 그리고 웬만한 대도시에는 동물원이나 수족관이 하나 이상 있기 때문에 조금만 이동하면 야생 동물을 생생하게 접할 수 있다. 다양한 동물의 모습은 언제나 인간의 호기심을 자극한다. 연암 박지원이 『열하일기』에서 코끼리를 처음 본 충격과 감흥을 자세하게 기록하고 있듯이, 낯선 동물을 바라본다는 것은 진기한 경험이다. 그러한 시각적 욕망을 위해 만들어진 시설이 동물원이다. 인간은 평생 동안 최소한 네 번 동물원에 간다는 말이 있다. 어릴 때 부모의 손을 잡고, 연인과의 데이트 코스로, 결혼하여 자녀를 데리고, 그리고 노후에 손자·손녀와 함께 간다는 것이다. 아득한 옛날 인간이 자연 속에서 동물들과 어우러져 살았던 시절의 무의식적 기억이 되살아나는 것일까. 동물원에 가면 어른들도 나이를 잊고 어린아이의 마음이 된다.

동물원의 역사는 기원전 15세기까지 거슬러 올라간다. 고대 이집트나 로마에서는 동물들의 수집 및 사육을 위해 동물원을 만들었고, 중세에도 왕후나 귀족들이 이방•의 동물들을 구해 기르는 것을 취미로 삼았다. 그러한 동물원은 궁전에 함께 건립되는 경우가 많았는데, 기이한 구경거리를 과시하면서 정치적인 힘을 발휘하기 위해서였다. 일반인이 구경할 수 있는 형태의 동물원은 18세기 중반에 오스트리아 빈에서 등장했고,

• 이방 풍속·습관 따위가 다른 지방.

1907년에 세워진 독일의 하겐베크 동물원은 이른바 방사• 식 동물 수용 방법을 채택하여 현대 동물원의 원형이 되었다. 하겐베크는 19세기 후반부터 세계 곳곳의 온갖 동물들을 포획해다가 진열하였고, 심지어 그린란드와 태평양 군도•의 원주민들까지 데려다가 순회 전시하면서 제국주의•의 위용을 드러냈다.

동물원은 사람을 위해서 만들어졌다. 그렇다면 동물의 입장에서 동물원은 무엇인가? 감금과 억압의 장소인 경우가 많다. 대부분의 동물원에서는 종별로 고유하게 지니고 있던 소생활

• 방사 가축을 가두거나 매어 두지 않고 놓아서 기름.
• 군도 무리를 이루고 있는 크고 작은 섬들.
• 제국주의 우월한 군사력과 경제력으로 다른 나라나 민족을 정복하여 대국가를 건설하려는 침략주의적 경향.

권•을 무시하고 인위적으로 통합하고 배치해 놓고 있다. 그 결과 자연에서라면 서로 접하지 못하는 동물들끼리 가까이에서 지내야 한다. 그리고 초원을 날아다니며 사냥해야 할 맹금류• 들이 낯설고 좁은 울타리 안에서 안정적으로 제공되는 식사에 길들여지면서 야성을 잃어 간다.

이러한 상황은 동물들에게 스트레스, 자해, 비정상적인 행동, 비만, 성인병 등을 일으킨다. 그리고 열대 지역과 한대 지역 출신 동물들은 반대 계절을 맞을 때마다 고초를 겪는다. 게다가 철창, 시멘트, 유리 등 그들을 둘러싸고 있는 물리적 환경 자체가 반생명적이다. 바닥에 튀어나온 못에 발을 찔려 피를 흘리는 백곰, 겨울이면 실내에 감금되어 극심한 우울증에 시달리는 고릴라, 관람객들이 주는 인스턴트식품의 과다 섭취로 성인병에 걸리거나 비닐을 먹고 죽어 가는 침팬지 등 이러한 환경 때문에 희생되는 동물들의 예는 일일이 열거할 수 없다. 어떤 사람들은 하마가 물속에서 등만 보이고 나오지 않는다고 돌을 던지고, 악어가 움직이지 않는다고 막대기로 건드리거나 입속에 동전이나 페트병을 던지기도 한다.

그런가 하면 관람객의 눈에 보이지 않는 곳에서 동물들이 겪는 고생도 만만치 않다. 예를 들어 겨울에 들짐승들을 가두어 두는 방의 바닥에는 흙이 아닌 미끌미끌한 타일이 깔려 있다.

• 소생활권 유전적으로 동일한 생물이 생존할 수 있는 안정되고 한정된 지역(생활공간).
• 맹금류 수릿과나 맷과의 새와 같이 성질이 사납고 육식을 하는 종을 통틀어 이르는 말.

물청소를 손쉽게 할 수 있도록 하기 위해 그렇게 만든 것이다. 그런데 깨끗하게 청소를 하고 나서 방 안에 들어오는 짐승들은 사뭇 불안한 몸짓으로 이리저리 돌아다닌다. 바닥이 미끄러워 넘어질까 봐 그런 것도 있지만, 결정적인 것은 자기 배설물의 냄새가 사라졌기 때문이라고 한다. 자신의 영토를 확인하는 감각적 지표•가 말끔하게 지워진 공간에서는 본능적인 위기감이 엄습하는 모양이다. 자연히 동물들의 건강은 나빠지고 수명도 짧아진다. 당장의 편리함과 관리비 절감을 위한 디자인이 실제로는 그 비싼 동물들의 생명을 위협하여 결과적으로 더 관리 비용을 높이는 것이다.

최근 앞서가는 동물원은 이러한 상황에 대해 문제의식을 가지고 근본적인 방향 전환을 꾀하고 있다. 단순히 동물들을 가두어 놓고 구경하는'곳이 아니라, 멸종 위기에 처한 동물들과 그 생태를 연구하고 보전하는 연구 및 교육의 센터로 탈바꿈하는 것이 세계적인 추세이다. 그러한 흐름에 맞춰 동물원 내의 공간 구조와 생활 환경을 바꾸어 주고 있는데, 이를 '환경 및 행동 풍부화'라고 한다. 서울대공원의 경우 위에서 언급한 동물들의 괴로움과 건강 퇴화를 줄이기 위해 전시장의 물리적 환경에 다양한 변화를 주고, 동물들이 먹이를 찾는 데 몸을 움직이고 머리를 쓸 수 있도록 시설을 개조하였다. 또한 같은 종끼리 적합한 무리를 이루어 살도록 배려하고(사회성 풍부화),

• 지표 방향이나 목적, 기준 따위를 나타내는 표지.

종별로 생존에 긴요하게 발휘하는 오감에 자극을 주도록 장치를 마련하고 있다(감각 풍부화).

이러한 동물원의 패러다임• 전환은 인간 세계에 시사하는 바가 크다. 사회성과 감각을 풍부하게 하는 것은 지금 교육의 중대한 과제가 아닌가. 타인에게 전시되기 위한 인생이 아니라 저마다의 본성에 따라 서식 환경을 스스로 만들어 갈 수 있도록 돕는 것이 교육의 소임이다. 동물학자 데즈먼드 모리스는 『인간 동물원(*The Human Zoo*)』이라는 책에서 현대인의 삶을 동물원에 빗대어 예리하게 분석하고 있다. 그에 따르면 단조롭고 획일적으로 규격화된 과밀 환경이 폭력과 불안을 증폭시키면서 맹목적으로 자극을 추구하게 한다. 따라서 앞으로 도시 공간은 자라나는 유기체가 되어야 하고 사람들에게 소속감을 심어 주면서 창의적인 모험을 다양하게 허용해야 한다고 그는 주장한다.

동물원의 기능은 교육·보호·오락으로 요약할 수 있다. 이 세 가지가 적절하게 균형을 갖출 때 동물원은 생명이 평화롭게 공존하는 공간이 될 수 있다. 특히 대중들에게 생태계에 대한 이해를 도모하도록 교육적 기능을 강화하는 것은 매우 중

• 패러다임 어떤 한 세대 사람들의 견해나 사고를 근본적으로 규정하고 있는 테두리로서의 인식의 체계.

요한 과제이다. 그러한 목적을 달성하기 위해서는 종별로 그 습성에 맞도록 생활 환경을 갖춰 줘야 하고 인간과의 접촉도 적절하게 제한해야 한다. 그리고 시각적 유희의 대상이 되어 유폐된• 동물들이 자신의 본성을 찾아갈 수 있도록 도와주는 것이다. 거기에 맞물려 이제 관람객들의 마음가짐과 태도도 달라져야 한다.

동물원은 문명의 자화상을 비춰 보는 거울이다. 인간의 서식지를 점검하면서 대안적 삶터의 얼개•를 조감하는 전망대이다. 조류 독감의 경고는 사람의 목숨이 거대한 생태계의 순환과 사슬에서 벗어날 수 없음을 새삼 일깨우고 있다. 감옥에서 쉼터로 전환하는 동물원에서 우리는 자연의 순리를 배울 수 있다. 광활한 대지를 그리워하는 그들의 눈빛에서 시원•의 세계를 만나 보자. 그들의 포효와 지저귐에서 생명의 미래를 예감하자.

• 유폐되다 아주 깊숙이 가두어져 놓이다.
• 얼개 사물이나 조직의 전체를 이루는 짜임새나 구조.
• 시원 사물이나 현상 따위가 시작되는 처음.

김찬호 1962~
사회학자. 연세대학교 사회학과를 졸업하고 같은 학교 대학원에서 사회학 박사 학위를 받았다. 지은 책으로 『사회를 보는 논리』 『문화의 발견』 『생애의 발견』 『돈의 인문학』 『인류학자가 자동차를 만든다고?』 『모멸감』 등이 있다.

동물의 권리에 관하여

이원영

역사적·사회적 개념으로서의 인권과 동물권

인류가 탄생한 이후 모든 사람이 오늘날과 같은 인권을 누리며 산 것은 아니다. 인간이라면 누구나 기본적인 인권을 갖는다는 생각이 퍼진 것도 그리 오래된 일이 아니다. 인권이라는 개념은, 사람에게 눈이 두 개고 코가 하나라고 하는 것처럼 자연적으로 형성된 개념이 아니라, 오랜 시간에 걸쳐 생성되고 발전해 온 개념이다. 즉 인권은 모든 인간이 인간다운 삶을 누리기 위해 노력하는 과정 속에서 발전해 온 역사적·사회적 개념인 것이다.

동물권 역시 마찬가지다. 동물이므로 당연하게 지니는 권리가 있다고 하는 주장은 아직 모든 사람에게 인정받지 못하고 있다. 자칫 인권을 보장받지 못하고 있는 사람들의 처지를 외면하는 것으로 오해를 살 수도 있고, 동물을 사람과 동일시하는 것으로 여겨질 수도 있다. 하지만 동물과 인간이 맺는 관계의 변화로 인해 그들을 대하는 우리의 자세가 달라지면서, 동물권에 관해서도 논의해야 하는 시점에 이른 것은 분명하다.

동물권과 관련된 쟁점들

동물권을 인정한다는 것은 간단한 문제가 아니다. 인권과 연결해서 생각해 보면, 그 핵심 쟁점은 '과연 동물이 인간과 동등한 지위를 갖는가?' 하는 점이라 할 수 있다. 이에 관한 논의는 동물도 인간과 똑같이 고통을 느낀다는 점에 주목하는지, 아니면 충분하지는 않더라도 지적 능력이나 감정을 지니고 있다는 점에 주목하는지 등에 따라 많은 차이를 낳는다. 인간의 존엄성, 자유와 평등 같은 인권의 핵심 개념이 동물에 대해서는 어떻게 적용되어야 하는지에 관해서도 깊이 논의된 바가 없다.

먼저, 동물을 어디까지로 봐야 하는가의 문제가 제기된다. 사람은 그 안에서 생물학적 유사성이 100퍼센트에 가까우므로 논의가 어렵지 않다. 하지만 동물의 경우는 동물군 자체의 차이도 크고, 인간이 그들을 대하는 자세 또한 동물군 혹은 동물 개체•에 따라 너무 달라서 내용이 복잡해진다. 예를 들어, 개·고양이와 새우·달팽이를 똑같이 대해야 한다는 주장은 보편적인 견해라 하기 어렵다. 모기나 헬리코박터라면 더욱 그

• 개체 하나의 독립된 생물체. 살아가는 데에 필요한 독립적인 기능을 갖고 있다.

러하다. 또한, 반려동물, 식용동물, 사역• 동물, 나아가 산업동물, 실험동물, 야생동물 등을 모두 똑같이 대해야 한다는 주장 역시 아직은 보편적이지 않다.

권리라는 용어를 쓰는 과정에서 오해가 생기기도 한다. 물론, 동물의 권리를 주장한다고 해서 동물에게 선거권을 주거나 아파트 분양권을 주자고 말하는 것은 아닐 것이다. 단지 인간이 그들을 지나치게 가혹하게 대하는 측면이 있으니 그 부분을 개선하자는 것이 대세다. 이때 그들이 약자이므로 보호해야 한다는 식의 접근인지, 그 자체로 존중받아야 할 생명이므로 존중해야 한다는 식의 접근인지 등에 따라 많은 입장 차이가 생긴다. 책임과 의무를 지지 않는 존재에게 어떻게 권리를 인정할 수 있는지도 결정하기 어려운 문제다.

동물권에 관한 논의의 관점

동물권에 관한 논의는 권리의 당사자인 '동물'이 아니라 권리를 부여하는 인간이 주체가 된다는 점에서 특징적이다. 예를 들어 보자. 털을 얻기 위해 양을 기른다면 그 양은 산업 동물이다. 산업 동물에게 인간적으로 측은한• 마음을 가질 수는 있어도, 양이 제공하는 털의 가치를 넘어서까지 치료비를 들이기는 어렵다. 하지만 반려동물이라면 이야기가 달라진다.

• 사역 가축이나 사람을 부려서 일을 시킴. 또는 시킨 일을 하는 것.
• 측은하다 가엾고 불쌍하다.

5만 원을 주고 입양한 개이지만 나와의 관계가 어떠하냐에 따라서 몇백만 원의 치료비를 낼 수도 있다. 양을 반려동물로 삼아 사랑하고 의지한다면 그 양에 대해서도 마찬가지일 것이다. 이는 결국 인간과 동물의 관계가 논의의 출발점이 된다는 것을 뜻한다.

동물권이 인간을 기준으로 결정된다고 해도, 여전히 두 가지의 중요한 관점이 대립한다. 개별적 관계에 따라 논의하는 관점과 보편적 차원에서 동물권을 논의하는 관점이다. 같은 반려동물이라 하더라도 오랜 시간 정을 주고 온갖 경험을 함께 한 내 강아지와 인터넷에서 오늘 처음 알게 된 어느 유명 배우의 고양이에 관한 내 자세는 다를 수밖에 없다. 이는 인권에 대해서도 마찬가지여서, 내 친구의 목숨과 다른 나라에 사는 어린이의 목숨은 똑같이 소중하지만, 내가 그들 각자에 취하는 자세는 달라지는 것이 보통이다. 또한, 인권이라는 말을 써 가며 우리끼리 서로 존중해 주자고 합의하고 살아오다가, 갑자기 동물에 대해서도 이런 개념을 적용하자는 주장에 대해 불편함을 느낄 수 있다. 현재의 인권 개념처럼 어떤 상황에서든 누구에게나 차별 없이 적용되는 동물의 권리를 인정하는 것은 다분히 시기상조•로 보인다.

• 시기상조 어떤 일을 하기에 아직 때가 이름.

동물권에 관한 논의의 필요성

최근 들어 관심이 높아지기는 했지만, 아직까지 동물권은 인간의 윤리와 개인 차원의 양심에 호소하는 측면이 강하다. 하지만 여성과 어린이가 점차로 자신의 권리를 찾고 향유하게 되었듯이, 동물 역시 그들이 누려야 할 마땅한 권리라는 것이 있다면 앞으로 점점 더 많은 권리를 누리게 될 것이다. 인간과 동물을 묶어서 하나의 생태계로 보는 관점이 널리 퍼질수록 그 흐름은 빨라질 것이다. 각자의 관점이나 처지가 어떠하든, 이용과 파괴가 아니라 존중과 공존에 기반을 두고 동물권에 관해 발전적으로 논의를 전개해야 할 것이다.

이원영 1968~
수의사. 서울대학교 철학과와 건국대학교 수의학과를 졸업했다. 지은 책으로는 『동물을 사랑하면 철학자가 된다』가 있다.

자율주행차의 등장

구본권

사람이 운전하는 차가 더 위험하다?

"앞으로 사람이 자동차를 직접 운전하는 것은 불법화될 것이다. 너무 위험하기 때문이다."

전기 자동차 업체를 설립한 경영자이자 기술 혁신의 아이콘인 일론 머스크가 2015년 3월 미국 새너제이에서 열린 한 기술 콘퍼런스•에서 연설한 내용이다. 자율주행차가 사람이 운전하는 자동차보다 훨씬 안전하며 널리 보급된 후에는 사람의 운전이 금지되리라는 것이 머스크의 전망이다.

세계보건기구(WHO)의 최근 통계에 따르면, 교통사고 사망자는 연간 125만 명이다. 인구 대국인 중국이 27만 명, 인도가 23만 명으로 가장 많지만, 미국에서도 매년 3만 명 이상 숨지고 있으며 2015년 우리나라의 교통사고 사망자는 4,621명이

• 콘퍼런스 회의. 협의.

었다.

교통사고의 90퍼센트는 운전자의 실수에 따른 것이고 도로나 기계 장치 결함 등으로 사고가 발생한 경우는 10퍼센트 수준이다. 한 세계적 컨설팅 회사는 2015년 보고서를 통해 자율주행차가 본격적으로 도입되면, 미국에서 발생하는 교통사고의 90퍼센트가 줄어들 것이고 이로 인한 경제적 효과가 매년 1,900억 달러(약 209조 4,000억 원)에 이를 것이라고 예상했다.

과거에는 엘리베이터도 운전사가 조종했지만, 지금은 탑승객이 원하는 층수를 누르기만 하면 된다. 엘리베이터는 훨씬 많은 사람을 태우고 더 빨리 더 높이 올라가게 됐지만, 운전사 없이 한결 안전하게 운행되고 있다. 미래의 자동차는 엘리베이터의 진화 경로를 따르게 될까?

사람이 운전하지 않으면 바뀌는 것들

1908년 헨리 포드가 '노동자들도 구매할 수 있는' 자동차 모델 티(T)를 출시한 것은 20세기를 자동차 문명의 세기이자 대중 사회로 만든 결정적인 계기였다. 로봇과 자동화의 시대가 될 21세기에 자동차의 진화는 지난 세기처럼 많은 사람에게 가장 직접적인 변화로 느껴질 것이다. 탁월한 안전성과 경제적 효과를 고려하면 자율주행차가 대세가 되는 것은 시간문제다.

자율주행차는 고령화 사회가 예고된 상황에서 더욱 주목받고 있다. 노인이 운전대를 잡지 않고 버튼을 눌러서 병원과 식당, 상점을 찾아갈 수 있다. 장애인이나 어린아이도 자율주행

차를 전용 기사가 있는 차량이나 콜택시처럼 이용할 수 있다. 초등학생이 학교에서 학원으로 가기 위해 부모의 차를 기다릴 필요 없이 자율주행차를 불러서 혼자 이동할 수 있다. 운전 가능 연령이나 운전면허의 개념도 사라진다. 외출하려면 제약이 컸던 장애인들은 더 큰 이동의 자유를 누리게 된다.

자율주행차는 사용자들이 차량과 교통 시설을 효율적으로 사용하게 함으로써 경제적 이득을 가져올 뿐만 아니라 궁극적으로 현재의 자동차 문화와 경제 구조를 크게 변화시킬 것이다.

미국의 경우 평균적으로 자동차가 주행하지 않고 차고에서 잠자는 시간은 전체 시간의 90퍼센트에 이르고 승용차를 유지하는 데는 가구 소득의 20퍼센트가 들어간다. 자율주행차를 차량 공유 시스템과 연결하면 유지비와 세금, 주차와 관리에

많은 시간과 비용이 들어가는 현재의 차량 구매와 이용 방식이 근본적으로 달라진다. 차량을 소유하지 않아도 언제든 필요할 때면 차가 와서 나를 태우고 원하는 곳에 데려다준다. 차량은 주차장을 찾아 헤맬 필요 없이 가까운 곳에 있는 다른 사람의 이동을 위해 옮겨 간다. 굳이 개인이나 가정마다 차량을 소유할 까닭이 크게 줄어든다.

자율주행차가 보편화하면 사람의 운전은 승마나 딧빌 재배처럼 일부 마니아들만 즐기는 스포츠나 취미 활동이 될 것인가?

우리는 운전대를 로봇에게 넘길 수 있을까?

도로에서 성공적으로 안전성과 성능을 검증받아도, 일반인이 자율주행차를 구매하려면 먼저 해결해야 할 과제가 적지 않다. 가격이 충분히 낮아져야 하고 자율주행차를 고려한 신호 체계와 도로 시설 등 인프라•가 구축되어야 한다.

전문가들은 자율주행차의 대중화와 관련해 기술적 문제가 가장 간단한 과제이며 사람들이 좀처럼 운전대와 기존의 운전 습관을 포기하지 않을 것이라는, 사용자 수용성이 가장 해결하기 어려운 문제가 될 것이라고 예상한다. 운전자들에게 핸들을 붙잡고 꽉 막힌 교차로에서 신호를 기다리는 출퇴근 운

• 인프라 생산이나 생활의 기반을 형성하는 중요한 구조물. 도로, 항만, 철도, 발전소, 통신 시설 등의 산업 기반과 학교, 병원, 상수·하수 처리 등의 생활 기반이 있다.

전은 짜증 나는 일상이지만 시원하게 뚫린 교외 도로를 드라이브하는 것은 포기하고 싶지 않은 즐거움이다.

위험이 존재하지만 주의를 집중하고 필요한 기량을 연마하면 충분히 상황을 통제하면서 목표에 도달하게 되고 그 결과로 몰입감과 성취감을 맛보게 된다. 운전이 신체의 근력을 요구하는 운동은 아니지만 일종의 스포츠이자 취미 활동인 이유가 여기 있다. 100마력이 넘는 강력하고 정교한 기계 장치를 원하는 대로 컨트롤하면서 목표를 향해 나아가는 행위를 일상의 즐거움이자 성취감으로 여기는 운전자들이 적지 않다. 이들에게 앞으로는 차량의 통제권을 컴퓨터에 넘기고 그 시간에 좀 더 보람 있고 즐거운 무언가를 하라고 하면 상당한 저항을 부를 수 있다. 개인에게 즐거움과 성취감을 주는 행위를 지루하고 무의미한 시간으로 대체하라는 의미일 수도 있기 때문이다.

자율주행차의 윤리적 딜레마

자율주행차의 운행에 적합한 법규가 만들어지고 사회와 소비자가 요구하는 기술적·경제적 기준과 안전성 기준을 충족하면 우리는 서슴없이 자율주행차를 선택할 수 있을까? 운전대를 컴퓨터와 로봇에게 넘기기에는 아직 풀지 못한 문제가 남아 있다.

그 문제는 어떠한 선택도 만족스럽지 못한 결과로 이어지는 딜레마의 문제다. 비용이 많이 들고 시간이 오래 걸려도 기술이나 합의로 대책과 답을 마련할 수 있다면 결국은 해결되는 문제다. 진짜 어려운 문제는 답이 없는 문제인 '딜레마'다. 앞으로 자율주행차, 인간형 로봇이 직면할 가장 어려운 문제는 윤리적 딜레마다.

정확히 말하자면 무인 차량과 로봇의 문제라기보다 사람이 로봇의 판단 메커니즘과 결과를 어떻게 설계할 것인가 하는 문제다.

'터널 문제' 사고 실험의 예를 보자. 자율주행 모드로 운행 중인 당신의 차가 좁은 1차선 터널에 진입하려는 순간 근처에 있던 어린아이가 발을 헛디뎌서 도로 위로 넘어진다. 차가 아이를 피할 시간은 없다. 아이를 치고 터널로 진입하든가, 아니면 터널 입구 암벽에 차를 부딪쳐서 아이를 구하는 대신 자신은 죽거나 다쳐야 한다.

이제껏 이런 유형의 윤리학적 문제는 말 그대로 사고 실험일 뿐이었다. 유사한 실제 상황에서 사람은 도덕이나 윤리를 생각하고 판단할 겨를 없이 본능이나 습관에 따라서 행동한다. 일반적으로 교통사고 시에 조수석 부상률이 운전석보다 높다. 짧은 순간이지만 운전자가 본능적으로 자신을 보호하는 방향으로 운전대를 조작하는 성향 탓이다. 하지만 이런 결과에 관해 운전자에게 책임을 묻지 않는다.

하지만 컴퓨터는 다르다. 컴퓨터는 모든 것을 사전에 계산해서 입력한 대로 실행하는 기계다. 사고를 앞둔 상황에서도 판단력이 흐려지거나 지체되지 않는다. 컴퓨터의 1초는 엄청난

규모의 연산을 수행할 수 있는 긴 시간이다. 사람 운전자는 면책되었던• 사고 상황에서의 곤란한 선택을 자율주행차는 피할 수 없다.

• 면책되다 책임을 지지 않게 되다.

구본권 1965~

기자. IT 전문 저널리스트. 서울대학교 철학과를 졸업하고, 한양대학교에서 언론학으로 박사 학위를 받았다. 지은 책으로 『로봇 시대, 인간의 일』 『뉴스, 믿어도 될까?』 『공부의 미래』 등이 있다.

디지털 치매, 걱정할 일 아니다

이준기

모든 전화번호가 휴대 전화에 저장돼 있으나 외우고 있는 전화번호는 손가락으로 꼽을 정도이고, 노래방 기기가 없이는 애창곡 하나 부를 수 없으며, 계산기가 없으면 암산은커녕 간단한 계산조차 하지 못한다. 내비게이션이 없으면 여러 번 갔던 길도 찾을 수 없고, 심지어는 가족의 생일과 같은 단순한 정보도 기억하지 못하는 경우가 있다. 이러한 현상을 '디지털 치매' 또는 '아이티(IT) 건망증'이라 부른다.

이처럼 디지털 기술에 지나치게 의존한 나머지 기억력과 계산 능력 등이 현저하게 떨어지는 현상에 관해 많은 사람들이 걱정을 한다. 하지만 이러한 현상은 단지 좋다, 나쁘다고 쉽게 말할 성격의 것은 아니다. 왜냐하면 디지털 치매 현상은 인류의 진화, 우리 사회의 노동 환경의 변화와 연관된 복잡한 현상이기 때문이다. 여기서는 디지털 치매 현상에 관해 우리가 생각하지 못했던 측면들을 살펴보고자 한다.

먼저 프랑스의 현대 철학자 미셸 세르의 저서 『호미네상스(*Hominescence*)』와 2005년 12월 '새로운 기술들은 우리에게 무엇을 가져다주는가'라는 제목의 강연 내용을 살펴보면 인류의 진화 과정에 관한 흥미로운 내용을 볼 수 있다. 이를 요약하면 다음과 같다.

- 직립 원인으로 진화하는 과정에서 인류는 손을 도구로 사용하게 됨으로써 그 이전에 먹이나 물건을 무는 데 쓰였던 입의 기능이 퇴화했지만, 그 대신 입은 말하는 기능을 획득했다.
- 문자와 인쇄술이 발명되면서 인간은 호메로스(Homeros)• 의 서사시• 를 암송할 수준의 기억력을 상실했지만, 기억의 압박에서 해방되어 새로운 지식 생산과 같은 일에 능력을 활용하게 되었다.
- 오늘날, 휴먼 인터페이스• 로 인해 인간은 기억력, 계산력 등이 약화되었지만 단순 기억이나 계산의 부담에서 벗어나 정보를 통제하고 관리하며, 지식을 창조하는 능력이 향상되었다.
- 인류의 진화 과정과 역사를 돌아볼 때, 인간은 상실하는

• 호메로스 고대 그리스의 시인. 유럽 문학의 최고(最古) 서사시 『일리아드』와 『오디세이』의 작자로 알려져 있다. 『일리아드』는 1만 5693행으로 되어 있고, 『오디세이』는 24권으로 쓰여 있다.
• 서사시 역사적 사실이나 신화, 전설, 영웅의 사적 따위를 서사적 형태로 쓴 시.
• 휴먼 인터페이스 자판을 이용하지 않고, 말이나 촉각을 사용하여 컴퓨터에 정보를 입력할 수 있는 기술.

능력이 있으면 동시에 얻게 되는 능력도 있다.

이러한 관점으로 볼 때, 디지털 기술은 인간의 기억력, 계산력 등의 약화를 가져온 대신 그보다 창조적인 능력을 향상한 것이라 볼 수 있다. 그러므로 디지털 치매 현상은 인간 진화의 양상으로 볼 수 있지 않겠는가?

현대의 노동 환경을 생각해 보자. 우리는 과거와 완전히 다른 방식으로 일하고 있다. 세상은 훨씬 더 복잡해졌고 제공되는 정보의 양은 너무나 많다. 상대해야 하는 사람의 수도 훨씬 많아졌고, 무엇보다도 발달된 정보 통신 기술 때문에 이들을 실시간으로 상대해야 하는 환경에 처해 있다.

어느 여류 작가의 말처럼, 오늘날 우리는 '끊임없는 작은 집중'의 시대에 살고 있다. 이 일에서 저 일로 빨리빨리 주의를 옮겨 가야 할 때, 아무리 집중을 하더라도 우리는 그 각각의 일에 관한 정보를 모두 갖고 있기가 힘들게 마련이다. 수많은 일을 처리해야 하는 이러한 근무 환경에서라면 많은 정보들을

다른 곳에 저장했다가 필요할 때마다 빨리 찾아내어 사용하는 것이 효율적인 방법인 동시에 불가피한 선택이라 하겠다. 이제 정보는 '기억하는' 것이 아니고 '찾는' 것인 시대가 되고 있는 것이다.

일하는 환경이 이렇게 바뀜에 따라 우리 뇌의 능력은 점점 기억하는 뇌가 아닌 필요한 정보를 빨리 찾는 뇌로 바뀌어 가고 있다. 자신이 알고 있는 몇몇 정보보다는 다른 사람이 갖고 있는 모든 정보를 모아 놓은 것이 정보로서 훨씬 더 가치가 있으며, 자기 자신만의 정보를 잘 기억하는 능력보다는 여기저기 놓여 있는 정보를 효과적으로 잘 찾는 능력이 훨씬 중요하게 여겨지는 사회로 바뀌고 있는 것이다. 어떤 사람들은 지금과 같은 디지털 기술 의존 현상이 결국 기억 능력을 크게 떨어뜨려 인간을 퇴보하게 할 것이라고 주장하지만, 보조 기억을 디지털 기기로 이동하는 것이 기억 능력의 퇴보는 아니라고 본다. 정보를 어디서 찾을 수 있는가에 대한 정보도 기억이 돼야 하며, 앞으로는 정보 자체의 기억보다는 이런 정보를 찾을 수 있는 원천이나 방법에 대한 기억이 더욱 중요해질 것이기 때문이다.

요컨대 디지털 기술 의존 현상은 인간의 진화와 문명의 진전 과정에서 늘 존재해 왔던 기존의 기술 의존 현상과 다를 바 없는 것이요, 방대한 정보 처리와 효율적 업무 처리를 요하는 현대 사회의 환경에 적응하기 위한 불가피한 선택일 뿐이며, 그로 인해 오히려 더욱 창조적인 새로운 능력을 인간에게 가져다준 것으로 보아야 한다. 그러니 굳이 디지털 치매라는 이상한 종류의 병에 걸렸다고 걱정하지 말고 인간 진화의 자연스러운 양상일 뿐이며 미래형 인간을 향한 진보의 결과로 마음 편하게 받아들이길 권할 따름이다.

이준기 1962~
연세대학교 정보대학원 교수. 미국 남가주대학교에서 경영학 박사 학위를 받았다. 지은 책으로 『웹 2.0 비즈니스 전략』(공저) 『서비스 사이언스』(공저) 등이 있다.

모두를 위한 디자인

김신

우리는 살아가면서 '디자인'이라는 말을 쉽게 듣고 또 말한다. 그만큼 디자인이 일상화된 것이다. 우리나라는 세계 유수의 좋은 디자인 선정에서 다수의 수상을 기록할 정도로 디자인 산업이 발전하였다. 이제 디자인은 특정한 분야나 제품에만 국한되지 않고, 기업 혁신과 국가 경쟁력에서 매우 중요한 핵심어가 되었다.

디자인은 보통 대량 생산을 전제로 하지만, 그렇다고 하여 모든 사람이 만족하는 디자인을 추구하는 것은 아니다. 대부분의 디자인은 특정한 집단을 목표 대상으로 한다. 하나의 상품을 대량 생산하려면 많은 비용이 들어가므로, 기업은 실패하지 않기 위해 목표 대상을 명확히 하여 그들에게 적합한 디자인을 하는 것이다. 이를 위해 그 집단이 요구하는 기능과 좋아할 만한 양식에 관해 방대한 조사가 이루어진다. 이러한 과정을 통해 생산된 물건은 특정 집단에는 큰 즐거움을 주지만,

그 밖의 다른 사람에게는 필요 없는 것이 될 수도 있다. 특히 장애인, 관절염 같은 만성적인 병을 앓고 있는 사람, 노약자, 보통 사람보다 키가 아주 작거나 덩치가 아주 큰 사람 등을 고려하면서 디자인한 물건은 좀처럼 찾아보기 힘들다.

'모두를 위한 디자인'은 노인이나 장애를 가진 사람도 사용하는 데 불편하지 않은 디자인을 말한다. 이 디자인은 처음에 장애인과 노약자 같은 사회적 약자를 위한 복지 차원에서 시작되었다. 그러나 지금은 좀 더 보편적인 의미인 '모든 사람을 위한 디자인'이라는 의미로 통용되고 있으며, 개인이 사용하는 도구나 물건은 물론 공공시설 같은 환경으로까지 확대되고 있다. 특히 공공시설이나 대중교통에서 이 디자인은 장애가 있거나 없거나, 노인이거나 어린아이거나, 남자거나 여자거나, 내국인이거나 외국인이거나 사용하는 데 불편함이 없도록 하는 데 노력을 기울인다.

'모두를 위한 디자인'은 단지 사회적 약자만을 위한 디자인이 아니라 보통 사람에게도 보편적으로 유용한 물건과 시설, 환경을 추구한다. 이 디자인이 시작된 미국에서는 신체, 인종, 종교, 문화 차이에 따라 차별을 받지 않도록 규정하는 '동등한 기회' 정신이 보편화되어 있는데, 이러한 가치관이 디자인에도 적용되었다. 옆으로 긴 막대 모양의 문손잡이(옛날에 주로 쓰이던 동그란 문손잡이는 손이 불편하거나 악력이 약한 사람이 사용하기에는 힘들다.), 휠체어를 자유롭게 이용할 수 있는 지하철의 엘리베이터(지하철 계단에 설치된 휠체어 리프트보다 훨씬 유용하다.), 횡단보도에서 파란불이 켜질 때 나오는 소리, 공공장소나 대중교통에서 나오는 다국어 음성 안내 등을 '모두를 위한 디자인'이라 부를 수 있다. 이런 디자인은 사회적 약자뿐만이 아니라 비사회적 약자에게도 유용하다. 특히 대도시의 공공과 환경 부문에서는 장애인이나 노약자, 외국인을 배려한 디자인이 필수 요소가 되고 있다.

'모두를 위한 디자인'의 원칙을 보면, 이와 같은 특징을 잘 이해할 수 있다.

- 누가 쓰더라도 차별감이나 불안감, 열등감을 느끼지 않고 공평하게 사용할 수 있는가?
- 다양한 생활 환경과 조건에서도 다양한 개인이 각자가 선

호하는 방식으로 사용할 수 있는가?

- 사용자의 언어 능력이나 지식의 정도, 경험 지식과 관계없이 간단하고 직관적으로 사용할 수 있는가?
- 정보 구조가 간단하고, 여러 전달 수단을 통해 쉽게 정보를 얻을 수 있는가?
- 잘못 다루었더라도 원래 상태로 쉽게 돌이킬 수 있는가?
- 무리한 힘을 들이지 않고 자연스러운 자세로 사용이 가능한가?
- 이동과 수납이 용이하고, 누구나 쉽게 접근하여 사용할 수 있는가?

이 외에도 비싸지 않아야 하고 내구성이 있어야 한다. 또한 품질이 좋고 심미적이어야 하며 인체와 환경을 배려해야 함은 말할 것도 없다.

'모두를 위한 디자인'은 디자이너가 애정을 갖고 사람들의 지극히 평범한 일상생활을 관찰하고, 사람들이 인식하지 못하는 불편한 점을 찾아내어 그 개선 사항을 반영할 수 있어야 가능하다. 개성이나 상상력을 발휘하고 튀어 보려는 마음보다는 타인을 보살피려는 마음 자세에서 비롯한다고 할 수 있다. 그렇다고 이런 디자인이 이윤을 완전히 배제하고 남을 돕는 일만 하려 한다고 착각해서도 안 된다. '모두를 위한 디자인' 역시 사업적 가치가 큰 미래 산업 중의 하나이다. 크게 보면 불편한 사람과 건강한 사람 모두를 위한 디자인이며, 작게 보면 나와 나의 가족, 내가 속한 집단을 위한 보편적 디자인이 바로 '모두를 위한 디자인'이다.

김신 1968~

디자인 저널리스트. 홍익대학교 예술학과 졸업하고, 디자인 관련 잡지사에서 기자와 편집자로 일했다. 지은 책으로 『고마워, 디자인』 『디자인의 힘』(공저) 등이 있다.

에어컨 만세

이정모

사람에게 가장 위험한 동물은 무엇일까? 대부분의 사람들은 아마도 사자나 곰 같은 동물을 떠올리겠지만 사실 정말 위험한 동물은 따로 있다. 8천만 년 전부터 지구에 살고 있는 끈질긴 녀석. 세계 어디에서나 살고 전 세계 말로 이름이 있으며, 세계보건기구(WHO)가 인간을 해치는 동물 순위 1위로 꼽은 녀석. 이 녀석은 바로 모기다.

매년 75만 명 정도가 모기 때문에 목숨을 잃는다. 모기가 옮긴 말라리아 때문인데, 매년 2~3억 명이 말라리아에 감염된다. 요즘엔 말라리아가 모기 때문에 생기는 병이라는 것을 다들 알고 있지만 19세기 말까지만 하더라도 사람들은 말라리아가 나쁜 공기 때문에 전파된다고 믿었다. 잘못된 진단은 잘못된 처방을 낳는다. 19세기 말 의사들은 말라리아를 막기 위해서는 늪지에서 발생하는 나쁜 공기를 없애야 한다고 생각했다. 그래서 나온 발명품이 말라리아 병동에 차가운 공기를 주입하는 장치이다. 그러나 말라리아 병동에 찬 공기를 주입해도 환자들의 예후•에 큰 도움이 되지 못한 것은 당연지사. 하지만 이 시도는 역사상 최고의 발명으로 이어진다. 에어컨이 바로 그것.

최초의 전기식 에어컨은 1902년 7월에 발명되었다. 그 주인공은 제철소에 근무하던 전기 엔지니어 윌리스 캐리어. 뢴트겐이 엑스선을 발견한 해가 1895년이고 그가 최초의 노벨 물리학상을 수상한 해가 1901년이며 아인슈타인이 특수 상대성 이론을 발표한 해가 1905년인 것을 생각하면 에어컨은 과학이 비약적으로 발전하던 시기에 등장한 첨단 기술이라고 할 수 있다.

50만 년 전 불을 일상적으로 사용하게 된 인류에게 새로운 땅과 새로운 시간이 열렸다면 1915년부터 본격적으로 생산된 에어컨은 인류에게 여름을 선사했다. 에어컨이 보급되기 이전에는 한여름에는 아무것도 하지 못했다. 학교도 문을 닫았다. 여름은 너무 더웠기 때문이다. 그런데 에어컨은 사람들이 더운 여름에도 지치지 않고 더 오래 일할 수 있게 했다. 또 에어컨은 여름을 즐기는 계절로 바꿔 놓았다. 사람들은 한여름에도 극장에 갈 수 있게 되었다. 에어컨이 설치되면서 영화는 계절에 상관없이 즐길 수 있는 오락거리가 되었다. 식당, 백화점, 호텔 등에도 에어컨이 설치되면서 여름은 오락과 소비의

• 예후 병의 증세.

계절로 다시 태어났다. 그리고 사람이 살기 힘든 더운 지역에 수많은 대도시가 생겨났다. 과거에는 주로 온대 지역에 대도시가 형성되었던 것과 달리 최근 성장하는 도시들은 대개 열대 지역에 있다. 두바이, 싱가포르, 홍콩, 방콕, 리우데자네이루……. 에어컨이 없었다면 사막 한가운데에 들어선 라스베이거스 같은 도시도 당연히 없었을 것이다. 에어컨이 공기뿐 아니라 사람까지 순환하게 한 셈이다. 20세기의 에어컨은 50만 년 전의 불만큼이나 사람이 쓸 수 있는 시간과 사람들이 살 수 있는 공간을 확장하였다.

그러나 세상에 공짜는 없다. 에어컨 바람을 쐬기 위해 우리는 무수히 많은 발전소를 지어야 했고, 마침내 원자력 발전소를 짓는 데도 거침이 없어졌다. 원자력 발전소에서 나오는 폐기물을 처리하는 비용과 원자력 발전소가 지닌 잠재적인 위험

에 관한 걱정보다는 당장 내 머리 위로 쏟아지는 찬 바람의 유혹이 훨씬 컸기 때문이다.

여기에 관한 반성으로 나는 올해 2월 이사를 하면서 에어컨을 옛집에 두고 왔다. 에어컨에 의지하여 여름을 이기려 들지 않고 더위를 온전히 견뎌 내면서 자연에 순응하며 살겠다는 다짐이었다. 교만이었다. 나는 7월 초가 되자 밤잠을 이루지 못했다. 결국 새집에 에어컨을 주문했고 에어컨이 배달되기까지 3주간 불면의 밤을 보내야 했다. 7월 마지막 날, 마침내 배달된 에어컨 앞에서 나는 한없이 겸손한 자세로 찬 바람을 쐤다. 최신 에어컨은 전기도 많이 안 먹고, 염천• 인 요즘도 전력 예비율이 30퍼센트에 육박한다는 소식에 마음이 조금 놓인다.

고백한다. 나는 에어컨 없이는 못 살겠다. 그런데 나만 더운 게 아니지 않은가. 에어컨은 최소한의 인권의 문제다. 아파트 경비실과 군대 막사에 에어컨을 달자. 창문도 없는 쪽방에서 하루 종일 더위를 견뎌야 하는 홀로 사는 노인들을 위해 여름 숙소를 마련하자. 에어컨 만세!

• 염천 몹시 더운 날씨.

이정모 1963~
과학자, 서울시립과학관 관장. 연세대학교 생화학과를 졸업하고 같은 학교 대학원에서 석사 학위를 받았다. 독일 본대학교 화학과에서 '곤충과 식물의 커뮤니케이션'에 관한 연구로 박사 과정을 마쳤다. 지은 책으로 『달력과 권력』『꽃을 좋아하는 공룡이 있었을까?』『유전자에 특허를 내겠다고?』『공생 멸종 진화』『저도 과학은 어렵습니다만』 등이 있다.

에어컨이 만든 삶

박성호

올여름 유난히 더운 날이 계속되면서 최대 전력 소비량은 몇 번이나 기록을 경신했다. 이런 상황에서 '에어컨을 마음 놓고 쓸 수 있는 자유'를 외치며 현재의 전기 요금 체계의 문제점을 지적하는 목소리가 높아졌다. 올여름 더위와 전기 요금 문제는 그야말로 뜨거운 논쟁거리였다. 그런데 나는 이런 분위기 속에서 약간의 이질감을 느꼈다. 과연 전기 요금 문제만 해결하면 되는 것일까? 에어컨을 켜지 않고서는 여름을 지내기 힘든 집, 동네, 도시, 건물들……. 이것이 우리의 현실인데, 지금까지 우리는 올바른 방향으로 걸어온 것일까? 이 길로 올 수밖에 없었던 것일까?

프랑스의 보르도라는 도시는 어느 날부터 유럽연합의 건축 기준을 적용받게 되었다. 그것은 건물의 외벽 면적 가운데 창문이 차지하는 비율에 관한 제한이었는데, 창문 면적을 줄이면 에너지가 절약되는 건물을 만들 수 있다는 게 그 까닭이었다. 그런데 건물에 이 기준을 적용했더니 기대와는 전혀 다른 결과가 나타났다. 지금까지 늘 창문을 열어 놓고 와인을 즐기며 살아왔던 동네 사람들이 갑자기 창문을 굳게 닫게 된 것이다. 그때부터 사람들은 에어컨에 의존하는 생활을 시작했고, 결국 에너지를 절약하기 위해 도입한 기준이 오히려 여름철 전력 소비를 급격히 늘게 한 원인이 되고 말았다.

이 일화를 읽고 당신은 무엇을 느꼈는지 묻고 싶다. 어딘가 우리의 현실과 닮아 있다는 생각이 들진 않는지 말이다. 그리고 이 일화에 관해 한 일본 건축가가 던졌던 질문을 더해 본다.

"에어컨의 효율성을 극대화해야 한다면 기밀•과 단열•이 잘 되는 건축이 답일 것이다. 그러나 '에어컨을 켜지 않는 삶'이라는 선택지가 빠져 있다는 것이 이 이야기의 함정이다. 우리가 살아가는 데 에어컨은 반드시 필요한 것일까? 창문을 열고 바람을 느끼면서 사는 생활은 말도 안 되는 것일까?"

에어컨을 켜지 않고서는 여름을 지내기 힘든 집과 도시, 이것이 우리가 처한 현실이다. 열용량•이 높은 콘크리트 건물은 외단열•을 해야 여름에는 시원하고 겨울에는 따뜻하다. 내단열로 할 경우, 여름에는 강한 햇빛과 대기의 열을 다 받아들여서 실내가 뜨거워지고, 겨울에는 차가운 외부 온도와 건물의

• 기밀 사방이 꽉 막혀 공기가 통하지 못하는 상태.
• 단열 물체와 물체 사이에 열이 서로 통하지 않도록 막음. 또는 그렇게 하는 일.
• 열용량 어떤 물체의 온도를 섭씨 1도(1℃) 높이는 데에 필요한 열에너지의 양.
• 외단열 건물 바깥 벽에 단열재를 설치하여 열이 통하지 않도록 막는 일. 또는 그 방법.

온도가 같아지면서 실내의 열을 계속해서 빼앗기기 십상이다. 그럼에도 세상에는 내단열 콘크리트 건물이 넘쳐 난다. 또한 우리 사회는 도시를 만들고 아파트를 지을 때에는 무조건 언덕을 깎아 평지를 만들어야 한다는 강박 관념에 사로잡혀 있다. 원래 존재했던 식생• 과 지형을 최대한 살려야 골목이나 동네에 자연스러운 바람이 생겨날 수 있음에도 말이다.

그러기에 나는 올여름 더위도, 앞으로 다가올 더위까지도 그 반은 인재, 즉 우리 사회가 만들어 낸 재앙이라고 생각한다. 세상에는 이미 여름에 시원한 집, 동네, 도시, 건물 들을 만들기 위한 기술과 아이디어가 넘쳐 난다. 다만 실제로 그런 건물들이 지어지지 않을 뿐이다.

에어컨은 열 교환 장치이다. 에어컨은 실내의 열을 실외로 버려서 실내 온도를 낮추는데, 낮아진 온도만큼 실외 온도는

• 식생 어떤 일정한 장소에서 모여 사는 특유한 식물의 집단.

올라간다. 각자의 집, 수많은 상가, 사무실 등 실내 공간에서 실외로 버려진 열 때문에 실외의 공기는 더욱 뜨거워진다. 그래서 우리는 이를 견디지 못해 더 강하게, 더 오래 에어컨을 켜는 것이다. 다시 말해서 지금 이 세상은 누군가가 버리기 시작한 열을 서로 떠안기 싫어서 남에게 넘기려는 '폭탄 돌리기'를 하고 있는 셈이다. 과연 이 악순환을 멈추게 할 방법은 없는 것일까?

과학적인 원리는 모르지만 우리는 경험적으로 여름을 시원하게 지내는 방법을 이미 알고 있다. 집의 창문을 다 열어 바람이 지나가는 길을 만들어야 좋고, 해가 높이 올라가기 전에 집 앞 골목이나 마당에 물을 뿌려 놓으면 덜 더워지는 것을. 그리고 열대야가 나타날 때는 다리 밑 둔치에 가서 시간을 보내고, 창을 다 열어 놓은 거실 바닥에 온 가족이 나와서 잠을 자면 어떻게든 다음 날 아침까지는 지낼 만하다는 것도 알고 있다. 실천을 하지 않을 뿐이다.

세상은 어느 날 갑자기 바뀌지 않는다. 깨어 있는 사람들의 작은 노력과 실천이 모이고 이어져야 도저히 불가능할 것으로 보였던 변화들도 이루어지기 마련이다. 나는 올여름 더위 속에서 등목•과 부채질을 즐기고 있다.

• 등목 목물. 상체를 굽혀 엎드린 채로 다른 사람의 도움을 받아 허리 위에서부터 목까지 물로 씻는 일.

박성호 1966~
건축가.

젓가락으로 시작하는 밥상머리 교육

윤상원

'젓가락질 참 특이하게 하네. 저러면 음식을 제대로 집을 수 있나?'

얼마 전 식당에서 한 젊은이가 젓가락질하는 모습을 보면서 든 생각이다. 손가락 사이에 끼워진 젓가락은 한 치의 공간도 없이 서로 딱 붙어 있었다. 젓가락으로 반찬을 집어 먹는 것이 아니라 끼워 먹는 수준이었다. 누가 보아도 젓가락질이 서투르고 이상했다.

최근 밥상머리 교육이 주목받고 있다. 자녀의 인성과 학업에 유익하다는 이유 때문이다. 어른과 함께 식사하는 밥상머리에는 삶의 지혜가 풍성했다. 밥상머리에서는 올바른 식습관과 인성 함양•이 저절로 이루어졌다. 그러나 밥상머리 교육을 강조하면서도 가장 기본적인 젓가락질 교육은 놓치고 있는 듯

• 함양 능력이나 품성 등을 길러 쌓거나 갖춤.

하다.

밥상머리 교육의 출발은 젓가락질 가르치기였다. 젓가락질을 못하면 못 배웠다는 흉을 들을 정도로 엄격히 가르쳤다. 그러므로 젓가락질하는 것만 보아도 밥상머리 교육을 제대로 받았는지 판단할 수 있었다. 그런데 요즘 어린이들은 어떤가. 서투른 젓가락질 때문에 후루룩거리며, 흘리며 먹는 경우가 많다. 기업들이 이런 사정을 눈치채고 젓가락질을 어려워하는 어린이들을 겨냥한 기능성 젓가락을 개발했다. 기능성 젓가락은 젓가락을 변형하여 젓가락질을 쉽게 하도록 만든 것이다. 하지만 이러한 기능성 젓가락은 편리함만 추구하고, 젓가락의 숨겨진 힘은 깨닫지 못한 장난감처럼 보인다.

원래 젓가락은 막대기 두 개면 충분했다. 젓가락질 동작은 겉보기에는 단순하지만, 계속되는 뇌의 자극 과정이다. 젓가락질의 미세한 움직임은 유아기 및 어린이들의 성장 발육•에도 아주 유익하다. 젓가락질을 바르게 하려면 손가락 각각의 관절과 근육의 정확성과 섬세함이 요구된다.

특히 우리나라에서 많이 사용하는 쇠젓가락은 무거우면서도 가늘다. 당연히 젓가락질하는 데 더 정교하고 힘 있는 손놀림이 필요하다. 쇠젓가락은 음식에 힘을 정확하게 전달하기 때문에 음식을 원하는 대로 찢고, 자르고, 모으는 데 탁월하다. 우리나라 사람들은 젓가락질로 김치를 찢는 것은 물론, 손으

• 발육 생물체가 자라남.

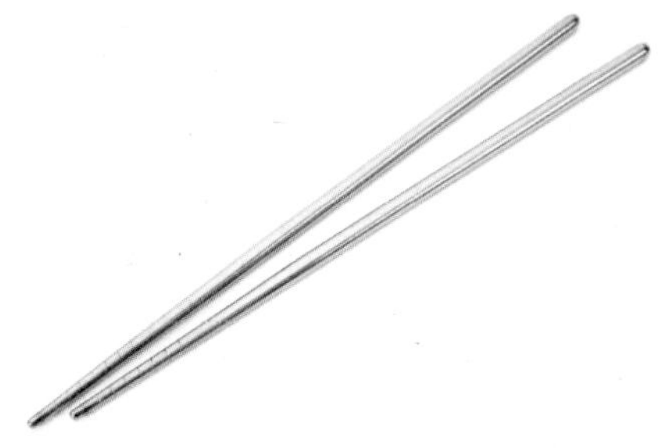

로도 집기 어려운 작은 콩도 척척 집어낸다. 깻잎절임을 한 장씩 떼는 기술은 묘기 그 자체다. 고도의 집중력과 무게를 감지하는 예민한 손의 촉각은 달인에 가깝다.

정교한 젓가락질 덕분에 우리나라는 손을 위주로 하는 운동경기에서 세계 최고다. 양궁, 핸드볼, 골프, 야구 등의 경기력이 이를 입증한다. 국제 기능 올림픽 대회 우승, 한 치의 오차도 없는 용접• 기술이 이루어 낸 세계적 수준의 조선(造船)• 기술 역시 젓가락질에 그 뿌리를 두고 있다.

우리 지역 초등학교들이 어린이들에게 바른 젓가락질을 가르치는 '젓가락의 날'을 운영한다고 한다. 정말 반가운 소식이다. 올바른 젓가락질 교육으로 미래에 세계 최고의 실력을 뽐낼 인재를 키울 수 있기를 기대해 본다.

• 용접 두 개의 금속·유리·플라스틱 등을 녹이거나 반쯤 녹인 상태에서 서로 이어 붙이는 일.
• 조선 배를 설계하여 만듦.

윤상원
유원대학교 발명특허학과 교수.

젓가락질 잘해야만 밥 잘 먹나요

엄지원

식사할 때마다 젓가락질 때문에 어른들에게 한 소리씩 듣는다는 친구는 하소연합니다. 젓가락질을 못 배워도 밥만 잘 먹는다고. 그러고 보면 생각해 볼 만한 문제입니다. 정석에 가까운 젓가락질을 해야만 밥을 잘 먹을까? 표준 젓가락질을 따르지 않으면 식사 예절에 어긋나는 것일까?

무거운 쇠젓가락을 한 손에 쥔 채 김치를 찢어 내는 한국인들의 젓가락질은 같은 젓가락 문화권인 중국이나 일본에 견주어도 세계적인 수준입니다. 그러나 음식 문화 전문가들의 이야기를 들어 보면, 사실 젓가락을 쥐는 데 완벽한 표준은 없습니다.

다만 젓가락을 사용하는 한·중·일 삼국에서 공통적으로 발견되는 기술은 있습니다. 위의 젓가락을 집게손가락과 가운뎃손가락 사이에 끼우고, 넷째 손가락과 새끼손가락으로 아래 젓가락을 받친 뒤 엄지손가락으로 두 개의 젓가락을 가볍게

눌러 주는 방식입니다. 중국에서 발원해 3천여 년 동안 역사를 이어 온 두 개의 작대기를 요리조리 쥐어 보는 과정에서 인류가 지혜를 짜 모은 것이 아닌가 합니다. 이 때문에 '젓가락질의 정석' 저자가 누구인지 그 저작권자를 찾아내는 일이란 단언하건대 불가능할 것입니다.

국제표준화기구(ISO)에도 등록되지 않은 젓가락 사용법을 가지고 '누가 젓가락질을 잘하네, 못하네' 따지는 도도한 움직임이 언제 비롯됐는지는 따져 볼 만합니다. 한국인의 젓가락·숟가락 문화를 20년 가까이 연구한 주영하 한국학중앙연구원 민속학 교수는 "얼마나 젓가락질을 잘하는지 따지는 것은 일본에서 들어온 풍속"이라고 설명합니다.

원래 한국 문화에서는 숟가락이 더 중요했다는 것입니다. 밥과 국만으로 연명한 조선 민중에게 젓가락은 호사스러운 물건이었습니다. 잘게 썬 밑반찬을 푸짐하게 차려 먹던 양반님네나 소장하는 희귀품이었던 것이지요. 실제 옛 풍속화를 보면 민초들이 숟가락만 들고 밥 먹는 풍경을 볼 수 있습니다. 젓가락은 양반가의 남자가 아니면 가진 경우가 드물었고 양반 여성들도 숟가락으로만 밥을 먹었습니다.

반면 숟가락을 쓰지 않는 일본에서는 젓가락 사용법이 정교하게 발달했습니다. 근대화 이후 어린이들을 대상으로 한 젓

• 발원하다 사회 현상이나 사상 등이 맨 처음 생겨나다.
• 연명하다 목숨을 겨우 이어 살아가다.
• 민초 '백성'을 질긴 생명력을 가진 잡초에 비유하여 이르는 말.

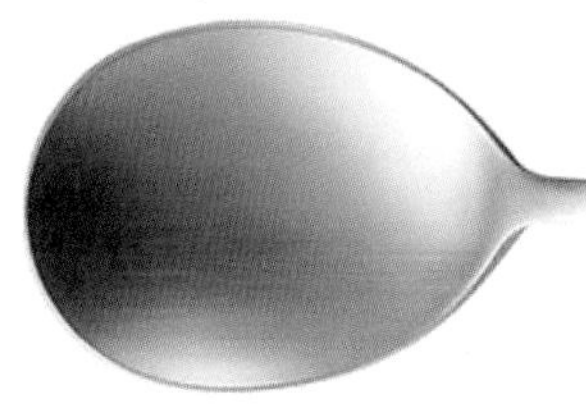

가락질 교육 프로그램을 만든 것도 일본이고, 최근 젊은 엄마들 사이에 유행하는 젓가락 교정기를 발명한 것도 일본이거든요. 일제 강점기 이후 조선에서도 외식업과 근대적 위생관이 발달하면서 젓가락이 주목받게 되었다는 것이 주영하 교수의 추정입니다. "너 밥상에 불만 있냐?"라고 참견하던 옆집 아저씨는 일본에서 건너왔을지도 모르겠습니다.

젓가락질을 잘 못하신다고요? 그래서 "젓가락질 못 배웠냐?"라고 구박을 받으신다고요? 그럴 때에는 당당히 이야기하세요. "한국인의 얼• 은 숟가락에 담습니다."라고.

• 얼 정신의 가장 중요한 부분.

엄지원
기자.

생명의 그물을 함부로 끊지 말아요

최재천

카이밥고원의 생명의 그물

1907년 미국 정부는 한 해 동안 늑대 1,800마리와 코요테 2만 3,000마리를 잡아 죽였어요. 그 동물들이 인간뿐만 아니라 다른 약한 야생 동물에게도 해를 끼치기 때문에 죽여도 괜찮다고 생각했어요. 늑대와 코요테뿐만이 아니에요. 퓨마와 곰처럼 날카로운 이빨과 발톱을 지닌 동물은 토끼나 사슴 같은 초식 동물에게 위협을 준다고 생각해 아무런 거리낌 없이 죽였어요. 다른 동물을 잡아먹고 사는 포식 동물은 없어져야 할 악당처럼 여겨졌어요.

그렇다면 약하고 순한 동물들에게 악당이 사라진 자연은 천국이었을까요? 카이밥고원에서 있었던 일이 그에 대한 답이 될 것 같네요. 미국의 그랜드 캐니언 북쪽에 있는 카이밥고원에는 1906년에 약 4,000마리의 검은꼬리사슴들이 살고 있었어요. 이곳에서도 악당을 없애는 작업이 시작되어 25년 동안 퓨마, 늑대, 코요테, 스라소니 등이 무려 6,000마리나 사라졌어요. 포식 동물이 확 줄어들자 1923년에는 검은꼬리사슴이 6~7만 마리까지 늘어났어요. 그런데 어찌 된 일인지 그 뒤로는 사슴의 수가 갈수록 줄어들었어요. 1931년에는 2만 마리로, 1939년에는 1만 마리로…….

사슴은 왜 갑자기 늘어났다가 갑자기 줄어들었을까요? 사슴이 갑자기 늘어난 이유는 쉽게 짐작할 수 있을 거예요. 사슴을 잡아먹는 포식 동물이 사라졌으니 자연스럽게 사슴의 수가 늘어난 겁니다. 그럼 사슴은 왜 계속 늘지 않고 줄어들기 시작했을까요? 사슴이 너무 많아지자 먹이가 부족해졌기 때문이에요. 먹이가 모자라니 굶어 죽는 사슴이 늘어날 수밖에 없었죠. 굶주린 사슴들은 먹을 것을 찾다 찾다 식물의 어린 싹까지 먹어 치웠어요. 식물이 제대로 자라지 못하면 먹을 것이 더 줄어들 텐데도 사슴들은 당장 주린 배를 채우는 게 급했어요.

인간은 늑대나 코요테 같은 악당이 없어지면 카이밥고원이 평화로운 낙원이 될 것으로 생각했어요. 그런데 그 예측은 보기 좋게 빗나갔어요. 사나운 포식 동물이 사라진 카이밥고원은 검은꼬리사슴들에게도 결코 살기 좋은 곳이 아니었어요. 늑대 같은 포식 동물이 있어서 검은꼬리사슴은 카이밥고원에서 굶어 죽지 않고 살아갈 만큼 적당한 수를 유지할 수 있었어요. 그런데 포식 동물이 사라지자 저희끼리 먹이를 두고 경쟁이 심해졌어요. 인간은 먹고 먹히는 자연의 세계에 끼어들어 그 질서를 마음대로 바꾸어 보려 했지만 결국 성공하지 못했어요.

과학자들의 실험

그 뒤 미국의 과학자들은 만일 바다에서 카이밥고원과 비슷한 일이 벌어진다면 어떤 결과가 나올지 궁금했어요. 그래서 한 가지 실험을 해 보기로 했습니다. 과학자들은 먼저 바위가 있는 바닷가 물웅덩이에 야외 실험장을 차렸어요. 물웅덩이에는 불가사리와 따개비, 홍합, 삿갓조개, 달팽이 등과 갖가지 해조류가 살고 있었어요.

불가사리는 카이밥고원의 늑대나 코요테에 견줄 만한 바다의 포식 동물입니다. 녀석들은 워낙 먹성이 좋아 여러 가지 동물을 가리지 않고 잡아먹어요. 저보다 약한 동물을 닥치는 대로 잡아먹는 불가사리를 없애면 다른 바다 생물이 평화롭게 살 수 있지 않을까요? 그러면 바다에 좀 더 많은 생물이 터를 잡지 않을까요?

과학자들은 실험을 시작하면서 바닷속 악당인 불가사리를 보이는 대로 없애 버렸어요. 6개월쯤 지나자 불가사리가 사라진 물웅덩이에서 새로운 따개비 종이 자리를 잡기 시작했어요. 그러다 점차 홍합이 늘더니 마침내 다른 생물과 비교할 수 없을 정도로 많아졌어요. 홍합은 바위에 들러붙어 사는데, 그 수가 많아지니 홍합 한 종이 바위를 몽땅 차지해 버린 거예요. 그러자 해조류는 한 종만 빼고 모두 자취를 감추어 버렸어요. 해조류가 없어지니 그걸 먹고 살던 생물도 잇달아 사라졌어요. 처음에 열다섯 종이던 바다 생물은 여덟 종으로 줄어들었어요.

흉악한 포식 동물인 불가사리만 없애면 다른 생물은 안전한 환경에서 번성할 줄 알았는데, 결과는 그게 아니었어요. 오히려 홍합 같은 번식력 좋은 몇몇 종이 물웅덩이를 차지하고 수가 적은 희귀종을 밀어내 버렸어요. 알고 보면, 희귀종 동물은 불가사리가 홍합 같은 동물을 잡아먹으니 그나마 기를 펴고 살 수 있었던 거예요. 불가사리는 희귀한 동물도 간혹 잡아먹었을 테지만, 홍합 같은 흔한 동물을 더 많이 먹어 치웠을 테니까요.

과학자들은 실험을 통해 자연의 질서가 아주 오묘하다는 사실을 깨달았어요. 불가사리 같은 무서운 포식 동물이 약하고 희귀한 동물도 살아갈 수 있는 풍요로운 바다를 만든다니! 인간은 섣불리 쓸모없을 거라고 판단했지만, 불가사리 또한 바다에서 없어서는 안 될 소중한 생명이었어요. 카이밥고원에서 늑대와 코요테가 그랬던 것처럼요.

클리어 레이크에서 일어난 일

그런데 미국에서 악당 대접을 받은 동물이 또 있었어요. 이번에는 덩치가 아주 작은 곤충이었습니다. 1940년대 샌프란시스코 북쪽 클리어 레이크(Clear Lake)에서 있었던 일이에요. 클리어 레이크는 이름처럼 맑은 호수가 있는 곳이어서 관광지로 인기를 끌었어요. 그런데 관광을 온 사람들이 하루살이가 많아 성가시다며 불평을 했어요.

그 마을 사람들은 대책 회의를 열었습니다. 그들은 하루살이를 없애기 위해 호수에 살충제를 뿌리기로 했어요. 무는 곤충도 아니고 사람을 좀 귀찮게 할 뿐인데, 아예 하루살이의 씨를 말리기로 작정을 한 거예요. 처음 살충제를 조금 뿌렸을 때는 기적 같은 효과가 있었어요. 하루살이가 모조리 죽은 것 같았어요. 그러나 기적은 잠시, 더 성가신 하루살이가 나타나서 사람을 더 귀찮게 했어요. 이에 질세라 사람들은 살충제를 더 뿌렸어요. 날이 갈수록 하루살이는 더 강해졌고, 그에 따라 사람들은 살충제를 더 많이 뿌렸어요.

그러던 어느 날, 물고기들이 호수 위에 허연 배를 드러낸 채 둥둥 뜨기 시작했어요. 무슨 일인지 곧이어 논병아리가 떼죽

음을 당했어요. 죽은 동물의 몸을 검사해 보니 상상하기 어려울 만큼 살충제가 많이 쌓여 있었습니다. 싹 없애려던 하루살이는 살충제를 견디는 힘이 날로 세져서 기세등등하게 살아남고, 하루살이를 먹이로 삼는 물고기와 물고기를 먹고 사는 새들만 애꿎게 죽어 나간 거예요. 살충제는 정작 하루살이에게는 별 영향을 주지 못하고, 맑고 아름다운 호수를 죽음의 호수로 바꾸어 놓고 말았어요.

생명의 그물을 끊지 말아요

자연에서 생명은 마치 그물처럼 이어져 있어요. 카이밥고원에서는 늑대와 검은꼬리사슴과 식물의 싹이, 바닷속에서는 불가사리와 따개비와 홍합과 갖가지 해조류가, 클리어 레이크에서는 하루살이와 물고기와 논병아리가 줄줄이 연결되어 있지요. 각각의 생명은 그물에서 한 코를 차지할 뿐인데, 그물 한 코가 망가지면 그와 연결된 다른 그물코들이 줄줄이 영향을 받습니다.

그러므로 수많은 생명이 오랜 시간에 걸쳐 함께 짜 내려온 생명의 그물을 함부로 끊어서는 안 돼요. 생명의 그물은 인간이 상상하는 것보다 훨씬 복잡하고 거대합니다. 잘못 건드리면 그 영향이 어떻게 나타날지 아무도 알 수 없어요. 재앙이 닥친 뒤에야 원인을 추측할 수 있을 뿐이에요. 그런데 생명의 그물에서 한 코를 차지할 뿐인 인간은 지금도 생명의 그물에 마음대로 손을 대고 있어요. 카이밥고원에서, 클리어 레이크에서 아직도 교훈을 제대로 얻지 못한 거예요.

나는 자연의 속살을 들여다보는 과학자로서, 또 한 사람의 인간으로서 생명의 그물을 오롯하게 지켜 내는 것이 우리 스스로를 지키는 길임을 사람들이 하루빨리 깨닫게 되기를 간절히 바랍니다.

최재천 1954~

생물학자. 서울대학교 동물학과를 졸업하고 하버드대학교에서 생물학 박사 학위를 받았다. 지은 책으로 『개미 제국의 발견』 『생명이 있는 것은 다 아름답다』 『최재천의 인간과 동물』 『과학자의 서재』 『생각의 탐험』 등이 있다.

플라스틱은 전혀 분해되지 않았다

박경화

인류 역사는 구석기, 신석기, 청동기, 철기 시대를 거쳐 오늘날에 이르렀다. 그렇다면 지금 우리는 어떤 시대를 살고 있을까? 전문가들은 플라스틱 시대라고 말한다. 전자 제품뿐 아니라 각종 주방용품이나 생활용품 등 다양한 물건에 플라스틱이 쓰이고 있기 때문이다. 이런 상황에서 과연 플라스틱이 없는 생활을 상상할 수 있을까?

플라스틱은 석유에서 추출한 원료를 결합하여 만든 고분자• 화합물의 한 종류이다. 이 고분자 물질은 대부분 합성수지•인데, 합성수지를 열 가공하거나 경화제,• 촉매, 중합체• 등을 사

• 고분자 화합물 가운데 분자량이 대략 1만 이상인 분자. 또는 화학 결합으로 거의 무한 개수의 원자가 결합하여 있는 분자. 섬유소, 단백질, 고무, 공유 결합으로 생성된 다이아몬드 따위가 있다.
• 합성수지 유기 화합물의 합성으로 만들어진 수지 모양의 고분자 화합물을 통틀어 이르는 말. 폴리염화 비닐·폴리에틸렌 따위의 열가소성 수지와, 페놀수지·요소수지 따위의 열경화성 수지가 있다.
• 경화제 경도를 높이거나 경화를 촉진하기 위하여 첨가하는 물질.
• 중합체 분자가 기본 단위의 반복으로 이루어진 화합물. 염화 비닐, 나일론 따위가 있다.

용하여 일정한 형상으로 성형한 것 또는 그 원료인 고분자 재료를 플라스틱이라고 한다. 플라스틱은 매우 가벼운 데다 모양을 변형하기도 쉽고 다양한 빛깔로도 만들 수 있다. 게다가 절연성• 도 뛰어나니 플라스틱이 우리 생활 깊숙이 자리 잡은 것은 어쩌면 당연한 일처럼 보인다.

이렇듯 일상생활에서 흔히 사용하는 플라스틱이 문제가 되는 이유는 바로 플라스틱이 잘 썩지 않는 물질이라는 데 있다. 플라스틱이 분해되려면 500년 혹은 그 이상의 기간이 걸린다고 한다. 어떤 전문가들은 플라스틱이 분해되는 기간을 정확히 알 수 없다고도 말한다. 즉, 플라스틱이 만들어진 지 100년 정도밖에 되지 않았다는 점을 감안하면,• 인간이 생산한 플라스틱은 아직 어딘가에 아직 그대로 남아 있는 것이다. 하지만 사람들은 플라스틱을 재활용할 수 있다는 생각에 플라스틱 제품을 편하게 쓰고 쉽게 버린다. 그것이 소탐대실•하는 것인지도 모른 채 말이다.

사람들의 생각과 달리 재활용되는 플라스틱의 양은 그리 많지 않다. 페트병, 요구르트병, 블록, 비닐봉지, 스티로폼 등도 각기 재질이 다르고, 이것 외에도 플라스틱의 종류가 다양하다 보니 재질별로 선별하는 것이 쉽지 않기 때문이다. 더구나 이물질이 많이 묻어 있거나 세척되지 않은 채 버려지는 용기

• 절연성 전기가 통하지 아니하는 성질.
• 감안하다 여러 사정을 참고하여 생각하다.
• 소탐대실 작은 것을 탐하다가 큰 것을 잃음.

류가 많아, 재활용을 하더라도 플라스틱 함지• 나 정화조• 처럼 품질이 떨어지는 제품을 만들 수밖에 없다. 재활용률이 70퍼센트 정도로 비교적 높은 편인 페트병도 다시 페트병이 되지는 못하고 화학 솜이나 노끈 등으로 만들어진다. 재활용되지 않은 플라스틱 쓰레기는 태우거나 매립장• 에 묻는데, 이는 그나마 수거된 플라스틱 쓰레기에 국한된 이야기이다. 수거되지 않은 플라스틱은 산과 들에 아무렇게나 묻히거나 어딘가를 떠돌아다니다 바다로 흘러들어 간다.

미국의 사진작가 크리스 조던은 2009년에 북태평양 미드웨이섬에서 촬영한 충격적인 사진을 인터넷에 공개했다. 사진 속에는 멸종 위기종인 앨버트로스가 죽어 있었는데, 그 몸속에는 플라스틱 뚜껑과 작게 부서진 플라스틱 조각들이 가득 차 있었다. 미드웨이섬은 아시아와 아메리카 대륙의 중간 지점에 있어서 미드웨이라는 이름이 붙었다. 이름처럼 태평양 한가운데에 있는 이 섬에는 세계 곳곳에서 버려진 쓰레기들이 바람과 해류를 따라 휩쓸려 온다. 바다를 떠다니는 동안 단단했던 플라스틱 쓰레기는 깨지고 닳아 작은 크기로 부서진 채 물속을 떠다닌다. 앨버트로스는 이 플라스틱의 알록달록한 빛깔에 이끌려 그것이 얼마나 위험한 것인지도 모른 채 꿀꺽 삼키고 말았던 것이다. 플라스틱 조각을 먹이로 착각하여 삼킨

• 함지 바가지같이 만든 그릇.
• 정화조 불순물 따위를 제거하기 위하여 액체를 일시적으로 저장하여 두는 수조.
• 매립장 돌이나 흙, 쓰레기 따위로 메워 올리는 우묵한 땅.

앨버트로스는 결국 영양실조에 걸려 서서히 죽어 갔을 것이다.

플라스틱은 또 다른 멸종 위기종인 붉은바다거북의 생존도 위협하고 있다. 산란기•를 맞은 바다거북은 많으면 한 번에 백 개가량의 알을 일곱 번까지 낳는다. 알에서 깨어난 새끼 거북은 모래 구덩이에서 나와 6센티미터가량 자랐을 때 바다로 떠났다가, 30년이 지나서야 자신이 태어났던 바닷가를 다시 찾아온다. 이때 바다거북이 살아서 돌아올 확률은 5000분의 1에 지나지 않는다. 플라스틱은 이렇게 낮은 바다거북의 생존율을 더 낮추고 있다. 바다거북은 바다를 떠돌아다니는 플라스틱 조각과 비닐, 풍선 등의 쓰레기를 해파리와 같은 먹이로 착각해서 삼키고 만다. 소화되지 않는 쓰레기를 먹은 바다거북은

• 산란기 알을 낳을 시기.

영양분을 흡수하기는커녕 화학 물질만 몸속에 쌓여 이상 행동을 보이기도 하고, 껍질이 약한 알을 낳거나 죽기도 한다.

플라스틱이 동물에게 해를 끼친 사례는 해외에서만 찾을 수 있는 것이 아니다. 2012년 8월 제주 김녕 앞바다에 어린 암컷 뱀머리돌고래가 바닷가로 떠밀려 왔다. 해양 경찰과 지역 주민들은 마르고 기운이 없어 보이는 뱀머리돌고래를 치료했지만, 이 돌고래는 구조된 지 얼마 지나지 않아 그만 죽고 말았다. 사람들은 돌고래가 죽은 원인을 밝히기 위해 이 돌고래를 부검했는데,• 이 돌고래는 근육량과 지방층이 부족했고, 팽창한 위 속에는 비닐과 엉킨 끈 뭉치가 들어 있었다. 뱀머리돌고래는 위 속에 들어 있는 이와 같은 이물질 때문에 먹이를 제대로 먹지 못하다가 결국 영양이 부족하여 죽은 것이다.

해양 쓰레기의 60에서 80퍼센트는 플라스틱이 차지하고 있다. 플라스틱 쓰레기는 바다를 떠다니다가 잘게 부서져 새와 바다거북, 돌고래와 같은 동물들에게 해를 끼치고 있다. 또한 흉물스럽게• 버려진 플라스틱 쓰레기는 자연 경관을 해쳐 관광 산업에도 피해를 주며, 선박의 안전도 위협한다. 그뿐만 아니라, 사람의 눈에 잘 보이지 않는 미세 플라스틱은 물고기의 내장이나 싱싱한 굴 속에도 유입되어 우리의 식탁에 오른다. 결국은 우리의 건강까지 위협하는 것이다.

• 부검하다 해부하여 검사하다. 또는 죽게 된 원인 따위를 밝히기 위하여 사후(死後) 검진을 하다.
• 흉물스럽다 모양이 흉하고 괴상한 데가 있다.

지질 시대에 만들어진 석유는 지구가 매우 오랜 기간에 걸쳐 만들어 낸 소중한 자원이다. 하지만 우리는 이 소중한 석유를 겨우 10분가량 사용할 플라스틱으로 만들었다가, 다시 수백 년 동안 분해되지 않는 쓰레기로 만들고 있다. 길바닥에 나뒹구는 쓰레기로, 바다를 떠다니는 해양 쓰레기로, 매립장에 가득 쌓인 쓰레기로 말이다. 지금까지 사람들이 만들어 낸 모든 플라스틱 쓰레기는 썩지 않고 이 지구 어딘가에 존재하고 있다. 그런데도 계속해서 플라스틱을 이렇게 편하게 쓰고 쉽게 버려도 될까? 손이 닿는 곳이면 어디에나 있는 플라스틱을 전혀 사용하지 않고 생활하기는 어렵겠지만, 줄일 수 있다면 줄여 보자. 특히 짧은 시간 사용하고 버리는 일회용 플라스틱 제품은 더더욱 선택하지 말자.

박경화 1972~
환경 생태 운동가. 지은 책으로는 『고릴라는 핸드폰을 미워해』 『여우와 토종 씨의 행방불명』 『지구인의 도시 사용법』 『그린잡』 『지구를 살리는 기발한 물건 10』 등이 있다.

밤도 대낮처럼 환하게, 인공 빛의 두 얼굴

문종환

빛과 어둠! 우리는 빛은 항상 좋은 것으로, 어둠은 나쁜 것으로 인식하는 경향이 있다. 적어도 건강상의 문제에서는 빛도 중요하지만 그에 못지않게 어둠도 중요하다. 그런데 인공조명의 발달로 밤과 낮의 구분이 없어진 지 오래고, 도심의 밤은 항상 밝은 빛으로 가득하다. 대낮처럼 환한 밤, 이런 모습은 과연 아무런 문제가 없을까?

인간의 몸에서 분비되는 여러 호르몬 가운데 생체 리듬에 관여하는 대표적인 호르몬인 멜라토닌은 밤과 같이 어두운 환경 조건에서 만들어지고, 과도한 빛에 노출되면 합성이 중단된다. 멜라토닌은 수면과 체온을 조절하며, 그 밖에도 항산화 작용, 면역 기능 개선, 학습과 기억력 증진 등에 효과가 있다고 알려져 있다.

그런데 우리는 원하든 원하지 않든 과도한 인공 빛 속에서 살아간다. 그러다 보니 그 속에서 살아가고 있는 수많은 사람

은 의식도 하지 못한 채 빛 때문에 생체 리듬이 깨지고, 그것에서 비롯한 각종 증상에 시달리고 있다. 이와 관련한 연구 결과가 흥미롭다. 밤에 인공 빛에 과도하게 노출되면 유방암 발병률이 높아진다는 내용이다. 이는 과도한 빛이 멜라토닌의 합성을 억제하기 때문으로 분석되고 있다.

빛 공해•는 사람은 물론 동물에도 영향을 준다. 호숫가에 밤새도록 인공조명을 켜 놓으면 물고기의 먹이가 되는 동물성 플랑크톤이 잘 성장하지 못하고, 녹조류가 증가하여 수질이 악화된다. 이는 물고기의 생태에 악영향을 주어 물고기를 죽음에 이르게 한다. 많은 곤충학자는 밤의 인공 빛이 벌의 비행

• 빛 공해 도시의 조명이 필요 이상으로 밝고 많아서 사람과 자연환경에 주는 피해.

능력을 방해한다고 주장하고, 조류학자들은 철새들이 인공 빛을 별빛으로 착각해서 고유한 이동 경로를 이탈해 고층 건물에 부딪혀 죽기도 한다고 말한다.

식물이 24시간 빛을 쬐는 일이 지속되면 씨를 맺지 못하는 현상이 발생하기도 한다. 특히 빛에 민감한 들깨는 밤까지 오랜 시간 인공 빛에 노출되면 꽃망울과 씨를 맺지 못하고 키만 쑥쑥 자란다. 농촌진흥청 국립식량과학원 연구 결과 6~10럭스(lx) 밝기의 빛에 장기간 노출될 경우 수확량이 벼는 16퍼센트, 보리는 20퍼센트, 들깨는 94퍼센트가 감소하는 것으로 나타나기도 했다.

이처럼 지나친 인공 빛은 알게 모르게 인간과 동식물에 악영향을 미치며, 우리 삶에 직간접적으로 관여한다.

문명의 상징이기도 한 인공 빛, 그 화려함 이면에는 많은 문제가 있다. 이러한 문제가 가볍지 않기에 세계 여러 나라에서 인공 빛을 규제하는 대책을 내놓고 있지만, 그것만으로는 빛 공해를 방지할 수 없다.

현대 문명이 빚어낸 많은 상처가 우리에게 다가오고 있다. 건강하게 살고 싶은 우리는 어떤 선택을 해야 할까?

지구상에서 살아가는 모든 생명체는 자연의 시계대로 살 때, 즉 과도한 인공 빛에서 벗어날 때 건강하게 살 수 있다. 인간은 다른 동물이나 식물과 마찬가지로 지구상에 살아가는 생명체이다. 따라서 우리 인간 역시 인공 빛을 줄여야 건강한 삶을 누릴 수 있을 것이다.

세상이 바뀌기를 기다리기 전에 나부터 바꿔야 하지 않을까? 자연의 시계대로 살아가려면 지금이라도 당장 불필요한 불을 끄자.

문종환
건강 칼럼니스트. 지은 책으로 『암, 자연이 희망입니다』가 있다.

생명을 불어넣는 마법사의 물

남창훈

영국 왕립 학회의 모토는 '다른 사람의 얘기를 그대로 믿지 말라(Nullius in verba).'입니다. 탐구한다는 것은 사람들이 철석같이 믿고 있는 사실을 당연하게 받아들이지 않고 의심하는 일을 뜻합니다.

파스퇴르가 살던 시대 사람들은 미생물이 저절로 발생한다고 믿었습니다. 권위 있는 학자들도 예외는 아니어서 이러한 믿음을 학설로 굳혀 놓기까지 했습니다. 하지만 파스퇴르는 권위에 따르지 않고 실험을 통해 반론을 폈습니다.

파스퇴르는 멸균하지 않은 육즙은 발효되었지만, 멸균한 육즙은 발효가 일어나지 않고 원래의 맛과 모습을 계속 유지

- 모토(motto) 살아 나가거나 일을 하는 데 있어서 표어나 신조 따위로 삼는 말.
- 학설 학술적 문제에 관해 주장하는 이론 체계.
- 멸균하다 살균하다. 세균 따위의 미생물을 죽이다.
- 육즙 고기에서 추출해 낸 액체.

한다는 사실을 알아냈습니다. 생명이 없는 육즙이 변형되어 생명체인 미생물이 발생한다는 것은 불가능하다는 사실을 보여 준 것이지요. 미생물이 무생물로부터 자연적으로 발생하는 것이 아니라 사람처럼 생명을 지닌 고유한 존재라는 사실을 입증했습니다.

의심은 마법사의 물과 같습니다. 의심하는 순간 죽어 있던 진실이 생명을 얻고 살아나기 시작하니까요. 그렇다고 밑도 끝도 없이 의심만 해야 한다는 이야기는 아닙니다. 모두가 옳다고 주장하는 이야기라도 틀릴 수 있다는 사실을 잊지 말아야 한다는 것입니다.

우리 주위에는 당연한 상식이 되어 우리의 생각을 지배하고 있는 믿음들이 있습니다. 여러분은 텔레비전에서, 교과서에서, 어른들의 이야기에서 이를 하나둘씩 받아들입니다. 하지만 그 믿음이 모두 진실일까요?

"자유 낙하•를 하는 두 물체 중 더 무거운 것이 더 빨리 땅에 떨어진다."

아리스토텔레스는 이렇게 주장하고, 대부분의 사람은 이 주장을 별 의심 없이 받아들였습니다. 하지만 갈릴레이는 이 주장에 의문을 품었습니다. 그리고 여러 번의 실험으로 모든 물체는 그 무게와 상관없이 똑같은 속도로 자유 낙하 한다는 사실을 증명해 냈습니다.

• 자유 낙하 일정한 높이에서 정지하고 있는 물체가 중력의 작용만으로 떨어질 때의 운동.

코페르니쿠스 역시 누구나 믿고 따르던 프톨레마이오스의 생각, 즉 우주의 중심이 지구라는 생각에 의심을 품었습니다. 그리고 지구가 태양을 중심으로 돈다는 지동설을 주장했습니다.

이처럼 탐구하는 것은 우리를 둘러싸고 있는 잘못된 믿음에 의심을 품고, 새로운 가설•을 세우고 실험으로 입증하여 그 잘못을 바로잡는 일을 뜻합니다.

• 가설 어떤 사실을 설명하거나 어떤 이론 체계를 이끌어 내기 위해 설정한 가정.

남창훈 1968~

대구경북과학기술원 교수. 서울대학교 화학과를 졸업하고, 프랑스 콩피에뉴공과대학교 대학원에서 생명공학 박사 학위를 받았다. 지은 책으로 『탐구한다는 것: 남창훈 선생님의 과학 이야기』 등이 있다.

'왜?'라고 묻기, 답을 찾기, 평가하기

박석산

여러분, 『흥부전』을 읽은 적이 있나요? 실제로 읽어 보지 않았다 하더라도 무슨 내용인지 다들 알고는 있을 겁니다. 『흥부전』 하면 뭐가 생각나지요? 가난한데 자식은 많은 흥부네, 부자이지만 못된 놀부가 떠오르지요. 밥주걱으로 얻어맞은 흥부, 다리 다친 제비도 빠뜨릴 수 없고요. 제비 다리를 고쳐 주었더니 보답으로 제비가 박씨를 물어다 주었고, 박에서 나온 금은보화 덕에 흥부는 부자가 되었지만 놀부는 욕심을 부리다 쫄딱 망한다는 줄거리였지요. 책을 읽으면 줄거리가 생각나고 이런저런 이미지가 떠오르는 일은 자연스러운 현상입니다.

그런데 이것으로 책 읽기를 끝냈다고 할 수 있을까요? 주인공을 알고 줄거리를 파악한 것만으로는 충분하지 않습니다. 물론 그런 것들도 우리에게 생각할 거리를 던져 줍니다. 하지만 기껏 시간을 들여서 책을 읽었는데 그 정도에서 멈춰 버리면 좀 아깝습니다. 워낙 유명한 이야기라 안 읽은 사람과 별 차이도 없지 않습니까? 그러니 우리는 좀 더 파고들어 가 봅시다.

'왜?'라고 묻는다

그럼 제대로 된 읽기, 깊이 있는 책 읽기를 하기 위한 첫 단계는 무엇일까요? 그것은 앞서 말했듯이 '왜?'라고 묻는 것입니다. 『홍부전』에는 '왜?'라고 물을 수 있는 대목이 꽤 많습니다. 예를 들어 보겠습니다.

- 왜 놀부는 홍부를 집에서 내쫓았을까?
- 왜 홍부는 가난한데도 자식을 스무 명이나 낳았을까?
- 왜 제비가 놀부에게 물어다 준 박씨는 홍부의 것과 달랐을까?

이렇게 물어보는 것이 첫 단계입니다. '왜?'라고 물을 수 있으려면 책 내용을 완전히 파악하고 있어야 합니다. 줄거리는 물론이요, 전체 이야기 속에서 어떤 사건이 중요한지도 알아야 하지요.

여러분은 수업 시간에 질문을 곧잘 하나요? 아마 그렇지 않겠지요. 질문할 기회도 별로 없지만 기회를 얻어도 선뜻 질문하기가 참 힘듭니다. 질문해 본 적이 그리 많지 않은 데다 지금 내가 뭘 궁금해하는지 고민하는 훈련이 부족하기 때문일 겁니다.

『홍부전』을 읽더라도 '아아, 착하게 살자는 이야기구나.' 하

고 넘어가면 마음속에 '왜?'라는 질문이 떠오를 리 없습니다. 계속해서 일부러 '왜?'라고 묻는 연습을 해야 합니다. 질문은 저절로 샘솟지 않습니다. 책을 읽으면서, 읽고 난 뒤에 반드시 마음속으로 '왜?'라는 질문을 던져 보아야 합니다. 그러다 보면 책 전체에서 무엇이 중요한지 그리고 무엇을 생각해 보아야 하는지 점차 깨닫게 됩니다.

그런데 닭이 먼저냐 달걀이 먼저냐 같은 이야기가 될 수도 있지만, 신기하게도 억지로라도 질문을 던지다 보면 차츰 흥미가 생깁니다. 질문하기 위해서 수업 내용을 다시 정리해 볼 수밖에 없으니까요. 그러면서 무엇이 문제일까 점점 더 깊이 생각하게 되지요. 바로 이 점이 중요합니다. 질문을 던져야 비로소 생각하기 시작한다는 겁니다.

답을 찾아 적는다

그럼 『흥부전』을 읽고 떠오른 질문 중 하나를 골라 봅시다. 왜 놀부는 흥부를 내쫓았을까? 이 질문에 답을 해 볼까요.

왜 놀부는 동생을 내쫓았을까요? 기억이 나나요? 놀부가 평소에 욕심이 많아 그랬다고 답할 수 있겠지요. 부모에게서 물려받은 재산을 독차지하려고 그랬다는 답도 나올 수 있고요. 어떤 답이 나오든 놀부가 욕심이 많고 못됐기 때문이라는 것이겠지요.

하지만 『흥부전』을 다시 읽어 보면 다른 이유도 찾을 수 있습니다. 먼저 알아 두어야 할 것은 『흥부전』은 오래된 이야기이다 보니 여러 버전이 있다는 점입니다. 현대어로 풀어 쓴 것도 있고 핵심만 간추린 것도 있지요. 여러분이 본 책이 어떤 버전인지는 모르겠지만, 제가 읽은 책을 살펴보면 단순히 놀부가 욕심이 많다거나 성격이 못됐다는 것 말고 다른 이유도 등장합니다. 여러분도 각자 가지고 있는 『흥부전』을 다시 한 번 읽어 보면 좋겠습니다. 처음부터 이유를 생각하면서 읽었다면 시간이 절약되었겠지만, 책을 다 읽은 다음에 질문거리가 떠올랐을 때는 다시 훑어볼 수밖에 없습니다. 어쨌든 놀부의 입장에서 흥부를 내쫓은 이유를 정리하면 다음과 같습니다.

- 놀고먹는 사람은 돌봐 줄 필요가 없다.
- 지금의 재산은 모두 내가 노력해서 모은 것이니 더는 흥부네 식구들을 도와줄 수 없다.

• 어렸을 때 부모한테서 차별 대우를 받았다. 동생인 흥부만 귀여움을 받았고 나는 일만 했다.

이 이유들은 『흥부전』에 나오는 놀부의 대사를 보기 쉽게 정리한 것입니다. 어때요? 놀부의 말이 전부 믿을 만한지는 다시 따져 봐야겠지만, 일단 이것들을 보니 욕심 많고 심술궂으며 억지만 부리는 놀부라는 이미지가 많이 사라지지 않나요? 책에서 필요한 내용을 찾아서 정리했을 뿐이니 그렇게 어렵지는 않을 겁니다. 하지만 이런 요약도 처음에는 연습이 필요하지요.

책 읽기의 둘째 단계는 이처럼 '왜?'라는 질문에 대한 답을 찾는 것입니다. 지금껏 그저 놀부가 심술궂거나 욕심이 많아서 흥부를 내쫓았다고 생각한 사람이 많을 겁니다. 그러한 생각도 아예 틀린 것은 아니지만 막상 책에서 찾아보니 놀부 나름대로 이유가 있었습니다.

이제 우리가 찾아낸 답을 토대로 논증 형식을 구성하면 둘째 단계가 마무리됩니다. 논증 형식이 뭐냐고요? 그것은 '~이기 때문에 ~이다.'라고 말하는 것입니다. 처음 본다고 지레 겁먹지 맙시다. 일단 놀부가 흥부를 내쫓은 이유들로 논증 형식을 만들어 보지요. 특별한 내용을 덧붙일 필요는 없고 질문에 대한 답만 잘 정리하면 됩니다. 질문이 뭐였지요? '왜 놀부는 흥부를 내쫓았을까?'였습니다. 그러니 답은 '이러저러한 이유로 흥부를 내쫓았다.'라는 것이겠지요.

1. 놀고먹는 사람은 돌봐 줄 필요가 없다.
2. 지금의 재산은 모두 놀부가 스스로 노력해서 모은 것이니 더는 흥부네 식구들을 도와줄 수 없다.
3. 어렸을 때 부모한테서 차별 대우를 받았다. 동생인 흥부만 귀여움을 받았고 놀부는 일만 했다.
4. 따라서 놀부는 흥부를 내쫓았다.

이렇게 '왜?'라고 묻고 그에 대한 답을 찾아 논증 형식으로 정리하는 것이 제대로 된 책 읽기의 둘째 단계입니다. 의식하지 않았을 뿐, 우리는 논증 형식을 매일 숨 쉬듯 자연스럽게 쓰고 있습니다. '재는 참 밥맛없어. 그래서 나는 재가 싫어.' 이런 것도 논증이고, '엄마 아빠는 나한테 거는 기대가 너무 커서 실망도 크다.' 이런 것도 논증입니다. 물론 좀 더 복잡한 논증도 있지만, 나중에 하나씩 차근차근 다루겠습니다.

답을 평가한다

책 읽기의 셋째 단계에서는 앞서 정리한 논증을 평가해야 합니다. 놀부가 이런저런 이유를 대고 흥부를 내쫓았는데, 그냥 그렇구나 하고 넘어가는 것이 아니라 그 이유가 과연 말이 되는지 따져 보는 것이지요.

여러분, 어떻습니까? 여러분 생각에는 놀부가 앞서 제시한 이유로 동생을 내쫓는 것이 옳습니까? 놀부는 이렇게 생각했지요. 아무리 동생이라도 놀고먹는다면 도와줄 이유가 없다.

게다가 내가 부자가 되는 데 흥부는 이바지한 바가 없다. 그뿐 아니라 동생은 어렸을 때 부모님 덕분에 일도 안 하고 편하게 지낸 반면 나는 고생만 했다. 그러니 내쫓는 게 당연하다. 이렇게 생각하는 것이 정당한가요?

아니면 그래도 동생이니까 집에 있게 하는 것이 옳다고 생각하는지요. 아무리 자기가 재산을 모으는 데 도움을 준 바가 없다 해도 동생을 내쫓는 것은 옳지 않다. 형제는 남과 달라서 이해관계를 따지는 사이가 아니다. 그리고 어렸을 때 놀부가 차별받았다고 하는데, 차별은 부모가 한 것이지 동생은 잘못이 없다. 따라서 그 분풀이를 동생에게 하는 것은 잘못이다. 놀부의 생각과는 전혀 다르지요. 그렇다면 둘 중 어느 쪽이 정당할까요?

생각이 복잡해졌습니다. 선뜻 '이쪽이 옳다!' 하고 말할 수가 없지요. 처음에는 단순히 놀부가 심술궂고 욕심이 많아서 동생을 내쫓았다고 여겼지만 이제는 상황이 조금 달라졌습니다. 놀부의 이유를 알게 되었고 과연 그 이유가 합당한지 고민하게 되었습니다. 지금 이 자리에서 옳고 그름을 판정하지는 않겠습니다. 일단 자기 나름대로 어느 쪽이 더 정당할지 고민해 보는 정도로 충분합니다.

어쨌든 이런 고민은 질문을 던진 데서 시작되었습니다. 그런 다음 질문에 대한 답을 찾아 논증 형식으로 정리해 보았고, 마지막으로 이 논증이 과연 말이 되는지를 따졌습니다. 결론은 보류해 둔 상태지만 이것이 세 단계로 나누어 살펴본, 제대로 책을 읽는 방법입니다.

이러한 과정을 거치면 책을 읽는다는 것이 단순히 줄거리를 파악하고 주인공의 이름을 외우는 데서 끝나는 일이 아님을 알 수 있습니다. 책을 읽는 것은 매우 적극적인 행위입니다. 공격적으로 질문을 던지고 그 질문에 답하고 그 답을 다시 평가해 보는 과정이기 때문입니다.

우리는 놀부가 흥부를 내쫓은 이유를 책 속에서 찾아내고 그 이유들이 옳은가를 따져 보았습니다. 아직 결론을 내리지는 않았지요. 이쯤에서 여러분이 한 가지 의문을 떠올렸을 듯합니다. '그런데 이 논증에 대해 어떻게 평가해야 하지?' 막연히 평가하려니 안갯속에서 길을 잃은 느낌일지도 모르겠네요. 물론 좋은 논증을 평가하는 기준과 방법이 있습니다. 단순히 내 기분이나 즉흥적인 생각에 따라서 판단했다가는 공정하지 않을 테니까요.

'~이기 때문에 ~이다.'와 같은 논증의 형식을 평가할 때는 앞뒤 관계가 얼마나 '좋은가'를 생각해 보면 됩니다. 앞의 이유를 듣고 뒤의 결론을 받아들일 수 있다면 '좋은 논증'입니다.

'재는 참 밥맛없어. 그래서 나는 재가 싫어.'라고 한 예를 볼까요. 재가 싫다. 그런데 그 이유가 밥맛없기 때문이라는 겁니다. 척 봐도 말이 안 되는 것 같습니다. 싫다는 말이나 밥맛없다는 말이나 똑같은 뜻이니까요. 이것은 '너는 나쁘니까 나빠.'라고 말하는 것과 같습니다. 그럼 '엄마 아빠는 나한테 거는 기대가 너무 커서 실망도 크다.'라는 말은 어떤가요? 이것은 훨씬 이해가 잘 되지요. 보통 기대가 크면 실망도 큰 법이니까요.

논증을 평가하는 구체적인 기준에 대한 설명은 조금 뒤로 미루겠습니다. 먼저 논리의 기초를 좀 더 튼튼히 쌓는 데 집중하지요.

지금까지 제대로 책을 읽는 방법에 대해 말했지만, 책 읽기가 재미있겠다고 흥미를 느끼기보다는 오히려 일이 많아졌다고 부담스러워할까 봐 걱정이 되네요. 역시 책 읽기는 어려워, 하고 포기하지는 않겠지요? 실망하기에는 이릅니다. 영화나 텔레비전, 게임과는 다르지만 책 역시 재미있게 읽을 수 있습니다. 논리에 너무 얽매이지 않으면서도 즐거움을 누릴 수 있는 방법이 있거든요. 뭐든지 재미가 있어야 하지 않겠습니까. 일단 책 읽는 게 재미가 있어야 질문도 하고 답도 하고 평가도 하겠지요.

독서가 즐거워지는 두 가지 방법을 소개하려 합니다. 물론 쉬운 일도 아니고 게임과 같은 스릴 넘치는 재미는 없을지도 모릅니다. 하지만 다른 곳에서는 찾을 수 없는 특별한 즐거움을 느낄 거라고 약속합니다.

탁석산 195[illegible]~

철학자, 저술가. 한국외국어대학교 영어과를 졸업하고 같은 학교 철학과 대학원에서 박사 학위를 받았다. 지은 책으로 『한국의 정체성』 『한국의 주체성』 『한국인은 무엇으로 사는가』 『행복 스트레스』 『자기만의 철학』 『오류를 알면 논리가 보인다』, 청소년 교양서 『성적은 짧고 직업은 길다』 『준비가 알차면 직업이 즐겁다』 『달려라 논리』(1~3) 등이 있다.

1 관점과 주장 이해하기

다음 글에서 글쓴이가 대상을 설명하거나, 또는 독자를 설득하기 위해 취하고 있는 관점이나 주장이 무엇인지 이야기해 봅시다.

(1) 「유럽은 왜 빵빵 할까?」(16~17면)

유럽은 신대륙 발견 이전까지만 해도 농사에 불리한 자연환경 때문에 먹고사는 것이 참 힘들었다. 그러나 시련이 사람을 강하게 만들어 주듯이 서늘한 여름, 빙하 박토라는 열악한 환경은 유럽인들로 하여금 세계 최고의 빵을 만들게 했다. 유럽을 '빵빵'하게 만든 것은 바로 열악한 자연환경을 극복한 그들의 땀방울인 셈이다.

(2) 「인간의 서식지를 예감한다」(29~30면)

동물원은 사람을 위해서 만들어졌다. 그렇다면 동물의 입장에서 동물원은 무엇인가? 감금과 억압의 장소인 경우가 많다. 대부분의 동물원에서는 종별로 고유하게 지니고 있던 소생활권을 무시하고 인위적으로 통합하고 배치해 놓고 있다. 그 결과 자연에서라면 서로 접하지 못하는 동물들끼리 가까이에서 지내야 한다. 그리고 초원을 날아다니며 사냥해야 할 맹금류들이 낯설고 좁은 울타리 안에서 안정적으로 제공되는 식사에 길들여지면서 야성을 잃어 간다.

(3) 「**모두를 위한 디자인**」(54면)

'모두를 위한 디자인'은 디자이너가 애정을 갖고 사람들의 지극히 평범한 일상생활을 관찰하고, 사람들이 인식하지 못하는 불편한 점을 찾아내어 그 개선 사항을 반영할 수 있어야 가능하다. 개성이나 상상력을 발휘하고 튀어 보려는 마음보다는 타인을 보살피려는 마음 자세에서 비롯한다고 할 수 있다. 그렇다고 이런 디자인이 이윤을 완전히 배제하고 남을 돕는 일만 하려 한다고 착각해서도 안 된다. '모두를 위한 디자인' 역시 사업적 가치가 큰 미래 산업 중의 하나이다.

(4) 「**생명을 불어넣는 마법사의 물**」(88면)

의심은 마법사의 물과 같습니다. 의심하는 순간 죽어 있던 진실이 생명을 얻고 살아나기 시작하니까요. 그렇다고 밑도 끝도 없이 의심만 해야 한다는 이야기는 아닙니다. 모두가 옳다고 주장하는 이야기라도 틀릴 수 있다는 사실을 잊지 말아야 한다는 것입니다.

2 같은 화제, 다른 관점 비교하기

'에어컨'을 주제로 한 두 편의 글 「에어컨 만세」(이정모)와 「에어컨이 만든 삶」(박성호)에서 각각의 글쓴이가 대상을 어떤 관점에서 바라보고 있는지 비교해 봅시다.

(1) 「에어컨 만세」의 글쓴이가 "에어컨은 최소한의 인권의 문제다."(59면)라고 말한 까닭은 무엇일까요?

(2) 「에어컨이 만든 삶」의 글쓴이가 에어컨을 사용하는 것을 두고 '폭탄 돌리기'(63면) 라고 한 까닭은 무엇일까요?

(3) 「에어컨 만세」의 글쓴이는 '에어컨 없이 더위를 견디며 살겠다는 다짐은 교만이었다'(59면)고 말하면서 에어컨에 대한 자신의 생각을 밝히고 있습니다. 그렇다면 글쓴이는 에어컨이 가져온 변화를 어떤 관점에서 보고 있나요?

(4) 「에어컨이 만든 삶」의 글쓴이는 에어컨 사용이 인간과 자연의 삶에 미치는 악순환의 고리를 걱정합니다. 그렇다면 글쓴이는 에어컨 사용에 대해서 어떤 관점을 취하고 있나요?

(5) 「에어컨 만세」의 글쓴이와 「에어컨이 만든 삶」의 글쓴이의 관점 가운데 ① 더 타당하다고 보이는 관점은 무엇인지 ② 왜 그렇게 생각하는지 친구들과 이야기해 봅시다.

3 매체를 활용하여 표현하기

여기 평생 농사를 지으면서 자식을 키우느라 제때에 학교에 다닐 기회조차 받지 못한 조재용 할머니가 계십니다. 이 할머니는 늦게서야 글자를 배우고 글을 쓰게 되었어요. 할머니는 자신이 가장 잘 만들 수 있는 요리에 대해 설명하고 요리 과정과 방법을 알려 주고 있습니다.
여러분도 자신이 좋아하는 요리에 대해 글로 써 보고 요리법을 그림으로 표현해 봅시다.

'조재용'표 돼지배추김치찌개

같이 모여서 나눠 먹는 돼지배추김치찌개

김치찌개를 해 주믄 아들딸이 맛나다고 칭찬을 많이 혔지. 우리 둘째 아들이 특히 좋아허는디, 다른 가족들도 좋아혀서 집에 오믄 이것만 먹구들 가. 자식들 집에 온다 하면 늘 준비를 해 가지구 먹지. 같이 모여서 다글다글 끓여 노나 먹으면 참 맛나. 누구한테 배운 건 아니고 내가 혼자서 이리저리 허다 보니 맛이 들었지. 지금은 늙어서 손맛이 덜한디도 애덜이 여전히 맛있게 먹어 주니 고맙구말구. 정육점 가서 찌개 넣는 고기 맛있는 거 달라 허면 줘. 이름은 몰러. 더 비싸다 하대. 돼지고기를 삶을 때 찬물에 풍덩 담가서, 한 번 끓여서 물을 버려. 김치는 꼭 들기름에 볶아야 혀.

(글과 그림은 『요리는 감이여』, 창비교육 2019, 75면에서 인용함.)

요리법

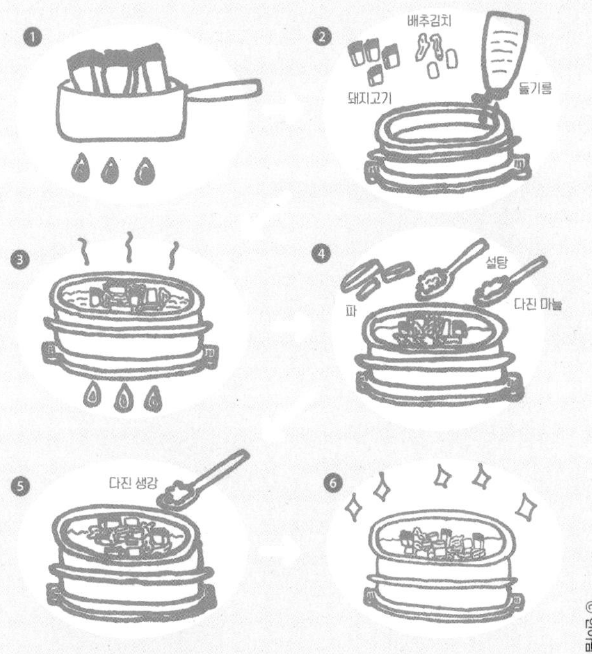

❶ 돼지고기를 찬물에 넣어 삶는다.
❷ 뚝배기에 들기름을 붓고 돼지고기와 배추김치 반 포기를 썰어서 같이 볶는다.
❸ 물을 넣고 팔팔 끓인다.
❹ 파를 1대 썰어 넣고 다진 마늘과 설탕 1숟갈씩을 넣는다.
❺ 마지막으로 비린내를 없애기 위해 다진 생강을 1숟갈 넣는다.
❻ 조금 더 끓이면 완성!

학생 예시 글·그림

달걀쑝볶음밥

양문경(학생)

엄마 아빠와 함께 먹는 달걀쑝볶음밥

우리 집에서 휴일에는 딸인 제가 요리를 해요. 처음에는 아빠가 해 보라고 부엌으로 밀어 넣을 때 겁나기도 했고요. 제가 달걀을 좋아해서 달걀을 가지고 하는 볶음밥을 해 보았어요. 먼저 대파를 썰고, 달걀을 깨서 그릇에 풀고요. 다음에는 밥과 소금을 넣고 섞어 줍니다. 처음에는 달걀을 먼저 익힌 뒤에 밥 위에 얹어서 먹었는데 해 보니까 아예 같이 하는 게 좋더라고요. 프라이팬에 대파와 기름을 넣고 볶은 뒤에 밥과 소금, 계란이 들어간 물을 부어서 볶아 줍니다. 마무리는 좋아하는 케첩으로 아빠가 좋아하는 모양을 그려 넣어요. 이렇게 먹고 나면 우리 아빠 입은 귀까지 달려간답니다. 끝.^^

요리법

❶ 대파를 물에 깨끗하게 씻어서 썰어 준다.
❷ 달걀을 깨서 그릇에 풀고 밥과 소금을 넣어 섞어 준다.
❸ 달아오른 팬에 대파와 기름을 넣고 파 기름을 내 준다.
❹ 파 기름에 ❷번 재료를 볶아 준다.
❺ 케첩을 얹어서 마무리한다.

2부

어머니는 왜 숲속의 이슬을 떨었을까?

2부에는 다양한 삶의 모습이 담긴 글을 묶었습니다. 우리는 하루 동안 많은 것을 보고, 듣고, 경험합니다. 일상생활 속에서 무심코 스쳐 지나갔던 것들이 어떤 사람에게는 감동과 즐거움을 주고, 때로는 깨달음과 깊은 성찰의 기회를 가져다주기도 합니다. 어릴 적 등굣길에서 어머니로부터 받은 사랑을 자신의 아들에게 들려주는 따뜻한 글도 있고, 육식 위주의 우리네 식생활을 날카롭게 비판한 다소 무거운 글도 있습니다. 집을 수리하면서 깨달음을 얻은 선인의 지혜가 담긴 고전 수필과 청중의 마음을 움직이는 감동적인 연설문·강연문도 우리를 기다리고 있습니다.

따를 수(隨), 붓 필(筆). 수필은 붓 가는 대로 자유롭게 쓴 글입니다. 무엇이나 글감이 될 수 있지요. 다양한 삶의 모습이 담긴 글은 잔잔한 감동과 즐거움을 주면서 자신의 삶을 돌아보게 합니다. 그동안 스쳐 지나왔던 길을 천천히 되돌아보며 자신에게 의미 있는 순간을 발견하길 기대합니다.

어머니는 왜 숲속의 이슬을 떨었을까?

이순원

아들아.

이제야 너에게 하는 얘기지만, 어릴 때 나는 학교 다니기 참 싫었단다. 그러니까 꼭 너만 했을 때부터 그랬던 것 같구나. 사람들은 아빠가 지금은 소설을 쓰는 사람이니까 저 사람은 어릴 때 참 착실하게 공부를 했겠구나, 생각할지 모르지만 전혀 그렇지 않았단다.

초등학교 때부터 아빠는 가끔씩 학교를 빼먹었단다. 집에서 학교까지 5리쯤 산길을 걸어가야 하는데, 학교를 가다 말고 그냥 산에서 하루를 보내고 집으로 온 날도 있었단다.

그러다 중학교에 다니면서부터는 정말 학교 다니기가 싫었단다. 학교엔 전화가 있어도 집에는 전화가 없던 시절이니까 내가 학교를 빼먹어도 집안 식구들은 아무도 그걸 몰랐단다. 학교로 가는 길 중간에 산에 올라가 아무 산소가에나 가방을 놓고 앉아 멀리 대관령을 바라보다가 점심때가 되면 그곳에서 혼자 청승맞게 도시락을 까먹기도 했단다. 어떤 날은 혼자서 그러고, 또 어떤 날은 같은 마을의 친구를 꾀어서 같이 그러기도 하고.

그러다 점점 대담해져서 아예 집에서부터 학교를 가지 않는 날도 있었단다. 배가 아프다, 머리가 아프다, 비가 와서, 눈이 와서, 오늘은 무서운 선생님 시간에 준비물을 제대로 갖추지 못해서, 하는 식으로 갖은 핑계를 댔단다.

왜 그랬을까?

생각해 보니 우선 학교가 너무 멀었단다. 아빠가 태어난 대관령 아랫마을에서 강릉 시내 중학교까지는 아침저녁으로 20리 길을 걸어 다녀야 했단다. 큰 산 아래의 오지 마을이라 아직 전기도 들어오지 않고 버스도 다니지 않던 시절의 일이란다. 그러나 그거야말로 핑계고, 무엇보다 학교에 가도 재미가 없었단다. 지금 내가 아들인 너에게 그 얘기를 하고 있는 거란다.

오월 어느 날이었다. 그날도 나는 학교에 가기 싫다고 말했다. 왜 안 가냐고 물어 공부도 재미가 없고, 학교 가는 것도 재미가 없다고 말했다.

어린 아들이 그러니 어머니로서도 한숨이 나왔을 것이다.

"그래도 얼른 교복으로 갈아입어라."

"학교 안 간다니까."

그 시절 나는 어머니에게 존댓말을 쓰지 않았다. 어머니를 만만히 보아서가 아니라 우리 동네 아이들 모두 그랬다. 아버지에게는 존댓말을 어머니에게는 다들 반말로 말했다.

"안 가면?"

"그냥 이렇게 자라다가 이다음 농사지을 거라구."

"에미가 신작로까지 데려다줄 테니까 얼른 교복 입어."

몇 번 옥신각신하다가 나는 마지못해 교복으로 갈아입었다. 그러지 않을 수 없는 것이 어머니가 먼저 마당에 나와 내가 나오길 기다리고 섰기 때문이었다. 나는 잠시 전 어머니가 싸 준 도시락까지 넣어 책가방을 챙겼다. 가방을 들고 밖으로 나오자 어머니가 지겟작대기를 들고 서 있었다. 나는 어머니가 그걸로 말 안 듣는 나를 때리려고 그러는 줄 알았다. 이제까지 어머니는 한 번도 나를 때린 적이 없었다. 그런 어머니의 모습이 조금은 낯설기도 하고 무섭기도 해 나는 신발을 신고도 마루에서 한참 동안 멈칫거리다가 마당으로 내려섰다.

"얼른 가자."

어머니가 재촉했다.

"그런데 그 작대기는 왜 들고 있는데?"

"에미가 이걸로 널 때리기라도 할까 봐 겁이 나냐?"

"겁나긴? 때리면 도망가면 되지."

"그래. 너는 에미가 무섭지도 않지? 그래서 에미 앞에 학교 가지 않겠다는 소리도 아무렇지 않게 하고."

"학교가 머니까 그렇지. 가도 재미없고."

"공부, 재미로 하는 사람 없다. 그래도 해야 할 때에 해야 하니 다들 하는 거지."

"지겟작대기는 왜 들고 있는데?"

"너 데려다주는 데 필요해서 그러니 걱정 말고, 가방 이리 줘라."

하루 일곱 시간씩 공부하던 시절이었다. 도시락까지 넣어 가방 무게가 만만치 않았다. 나는 어머니에게 가방을 내밀었다.

어머니는 한 손엔 내 가방을 들고 또 한 손엔 지겟작대기를 들고 나보다 앞서 마당을 나섰다. 나는 말없이 어머니의 뒤를 따랐다.

그러다 신작로로 가는 산길에 이르러 어머니가 다시 내게 가방을 내주었다.

"자, 여기서부터는 네가 가방을 들어라."

나는 어머니가, 내가 학교에 가기 싫어하니 중간에 학교로 가지 않고 다른 길로 샐까 봐 신작로까지 데려다주는 것이라고 생각했다. 나는 어머니가 내주는 가방을 도로 받았다.

"너는 뒤따라오너라."

거기에서부터는 이슬받이•였다. 사람 하나 겨우 다닐 좁은 산길 양옆으로 풀잎이 우거져 길 한가운데로 늘어져 있었다. 아침이면 풀잎마다 이슬방울이 조록조록 매달려 있었다.

어머니는 내게 가방을 넘겨준 다음 두 발과 지겟작대기를 이용해 내가 가야 할 산길의 이슬을 떨어내기 시작했다. 어머니

• 이슬받이 양쪽에 이슬 맺힌 풀이 우거진 좁은 길.

의 몸뻬 자락이 이내 아침 이슬에 흥건히 젖었다. 어머니는 발로 이슬을 떨고, 지겟작대기로 이슬을 떨었다.

그런다고 뒤따라가는 내 교복 바지가 안 젖는 것도 아니었다. 신작로까지 15분이면 넘을 산길을 30분도 더 걸려 넘었다. 어머니의 옷도, 그 뒤를 따라간 내 옷도 흠뻑 젖었다. 어머니는 고무신을 신고 나는 검정색 운동화를 신었다. 걸음을 옮길 때마다 물에 빠졌다가 나온 것처럼 땟국이 찔걱찔걱 발목으로 올라왔다. 그렇게 어머니와 아들이 무릎에서 발끝까지 옷을 흠뻑 적신 다음에야 신작로에 닿았다.

"자, 이제 이걸 신어라."

거기서 어머니는 품속에 넣어 온 새 양말과 새 신발을 내게 갈아 신겼다. 학교 가기 싫어하는 아들을 위해 아주 마음먹고 준비해 온 것 같았다.

"앞으로는 매일 떨어 주마. 그러니 이 길로 곧장 학교로 가. 중간에 다른 데로 새지 말고."

그 자리에서 울지는 않았지만 왠지 눈물이 날 거 같았다.

"아니, 내일부터 나오지 마. 나 혼자 갈 테니까."

다음 날도 그다음 날도 어머니가 매일 이슬을 떨어 준 것은 아니었다. 그러나 어떤 날 가끔 어머니는 그렇게 내 등굣길의 이슬을 떨어 주었다. 또 새벽처럼 일어나 그 길의 이슬을 떨어 놓고 올 때도 있었다. 물론 어머니도 어머니가 아무리 먼저 그 길의 이슬을 떨어내도 집에서 신작로까지 산길을 가다 보면 내 옷과 신발도 어머니의 것처럼 젖는다는 걸 알고 있었다. 알면서도 어머니는 그 산길의 이슬을 떨어 준 것이다.

그때부터 나는 학교를 결석하지 않았다.

어른이 된 지금도 나는 그렇게 생각한다. 그때 어머니가 이슬을 떨어 주신 길을 걸어 지금 내가 여기까지 왔다고. 돌아보면 꼭 그때가 아니더라도 어머니는 내가 지나온 길 고비고비마다 이슬 떨이를 해 주셨다.

아들은 어른이 된 뒤에야 그때 어머니가 떨어 주시던 이슬 떨이의 의미를 깨닫게 되었다. 아마 그렇게 떨어내 주신 이슬만 모아도 내가 온 길 뒤에 작은 강 하나를 이루지 않을까 싶다.

아들아.

나는 그 강을 이제 '이슬강'이라고 이름 지으려 한다. 그러나 그 강은 이 세상에 없다. 오직 내 마음 안에만 있는 강이란다. 그때 아빠 등굣길의 이슬을 떨어 주시던 할머니의 연세가 올해 일흔넷이다. 어쩌면 할머니는 그때 그 일을 잊고 계실지도 모른다. 그러나 아빠한테는 그 길이 이제까지 아빠가 걸어온 길 가운데 가장 아름답고도 안타까우며 마음 아픈 길이 되었단다.

이다음 어른이 되었을 때, 아빠처럼 너에게도 그런 아름다운 길 하나 있었으면 좋겠다. 어린 날 나는 그 길을 걸어 나오며 내 앞에 펼쳐진 이 세상의 모든 길들을 바라보았단다.

아들아. 길은 그 자체로 인생이란다. 그리고 그것을 걷는 것이 곧 우리의 삶이란다.

이순원 1957~

소설가. 강원대학교 경영학과를 졸업했다. 1988년 『문학사상』에 소설을 발표하며 작품 활동을 시작했다. 소설집 『그 여름의 꽃게』 『얼굴』 『말을 찾아서』, 장편소설 『수색, 그 물빛 무늬』 『순수』 『19세』 『아들과 함께 걷는 길』, 산문집 『은빛낚시』 『길 위에 쓴 편지』 등이 있다.

그 시절 우리들의 집

공선옥

저녁 어스름이 내리고 있을 무렵이었다. 돌확•에 곱게 간 보리쌀을 솥에 안쳐 한소끔• 끓여 내놓고서 쌀 한 줌과 끓여 낸 보리쌀을 섞으려고 허리를 구부리는 순간 산기가 느껴졌다. 아낙은 서두르지 않고 침착하게 쌀과 보리를 섞은 다음 아궁이에 불을 지펴 놓고 텃밭으로 갔다.

장에 간 남편은 어디서 술을 한잔하는지 저녁이 되어도 돌아오지 않고 이제 곧 세상에 나오려고 신호를 보내기 시작한 배 속의 아기 위로 셋이나 되는 아이들은 저녁의 골목에서 제 어미가 저녁밥 먹으라고 부르기를 기대하며 왁자하게 놀고 있었다.

아낙은 저녁 찬거리로 텃밭의 가지와 호박을 따다가 잠시 땅

• 돌확 돌로 만든 조그만 절구.
• 한소끔 한 번 끓어오르는 모양.

바닥에 쭈그리고 앉았다. 배 속의 아기가 이번에는 좀 더 강한 신호를 보내왔다. 아낙은 진통이 가시기를 기다려 찬거리를 안아 들고 텃밭을 나왔다. 아궁이에서 밥이 끓기 시작하자 텃밭에서 따 온 가지를 끓고 있는 밥물 위에 올려놓고 호박과 호박잎을 뚝뚝 썰어 톱톱하게• 받아 놓은 뜨물•에 된장국을 끓이고 오이채를 썰어 매콤한 오잇국을 만들어서 저녁상을 차렸다. 그러고 나서 아이 낳을 채비를 하기 시작했다.

물을 데워 놓고 끓는 물에 아기 탯줄 자를 가위를 소독하고 미역도 담가 놓고 안방 바닥에 짚을 깔고 그 위에 드러누웠다. 장에 가서 술 한잔 걸치고 뱃노래를 흥얼거리며 아낙의 남편이 막 사립문을 들어섰을 때 안방 쪽에서 갓 태어난 아기 울음소리가 들려오고 있었다. 순산이었다. 남편은 늘 그래 왔듯이, 첫째 때도 둘째 때도 셋째 때도 그러했듯이, 술 취한 기분에도 부엌으로 들어가 아내가 미리 물에 담가 둔 미역을 씻어 첫국밥•을 끓였다. 첫국밥을 끓여서 아내에게 들여놓아 주고 나서 남편은 사립문 양쪽에 대나무를 세우고 새끼줄에 검은 숯과 붉은 고추를 끼워 대나무에 매달았다. 넷째 아들이 태어나던 날 밤.

그의 어머니는 그렇게 팔 남매를 낳았다. 집은 토담집이었다. 그의 아버지와 어머니가 신접살림•을 나면서 손수 지은 집

• 톱톱하다 국물이 연하지 않고 진하다.
• 뜨물 곡식을 씻어 내 부옇게 된 물.
• 첫국밥 아이를 낳은 뒤에 산모가 처음으로 먹는 국과 밥.

© 연합뉴스

이었다. 판판한 주춧돌 위에 튼튼한 소나무 기둥을 세우고 지붕을 만들었다. 마을에서는 그렇게 새 집 짓는 일을 '성주• 모신다'고 했다. 마을 남정네들은 집 짓는 일을 돕고 아낙들은 음식을 만들었다. 황토에 논흙을 섞고 짚을 썰어 넣어 지붕 흙을 만들고 몇 사람은 지붕 위로 올라가고 몇 사람은 마당에 길게 서서 다 이겨진 흙을 지붕 위로 올렸다.

대나무나 뽕나무로 미리 살을 만들어 놓은 위에 차진 흙이 바라졌다. 흙이 마르면 노란 짚을 엮어 지붕을 이었다. 이제

• 신접살림 처음으로 차린 살림살이.
• 성주 가정에서 모시는 신의 하나. 집의 건물을 수호하며, 가신 가운데 맨 윗자리를 차지한다.

그 지붕은 아무리 비가 많이 와도 아무리 거센 바람이 불어도 끄떡없을 것이었다. 지붕이 다 만들어지자 벽을 만들었다. 지붕에서처럼 대나무로 살을 만들고 흙을 바르고 그리고 구들장• 을 놓았다. 노란 송판•을 반들반들하게 켜서 마루도 만들었다.

그와 그의 형제들은 바로 그 집에서 나고 그 집에서 컸다. 노란 흙벽, 노란 초가지붕, 노란 마루, 노란 마당, 정다운 노란 집. 그 집의 봄 여름 가을 겨울. 봄 여름 가을 겨울의 아침과 낮과 저녁과 밤이 그 집 아이들의 성장에 함께 있었다. 그는 그 집의 봄 여름 가을 겨울과 봄 여름 가을 겨울의 어느 아침과 낮과 저녁과 밤을 먼 훗날까지 그의 영혼 깊은 곳에 간직해 두고서는 몹시 힘들고 고달픈 도시에서의 봄 여름 가을 겨울의 어느 아침과 낮과 저녁과 밤에 마음속의 보석처럼 소중한 그 추억들을 끄집어내 보고는 했다.

그 집은 그 집 아이들에게 작은 우주였다. 그곳에는 많은 비밀이 있었다. 자연 속에는 눈에 보이는 것 말고도 눈에 보이지 않는 무한한 비밀이 감춰져 있었다. 그는 그 집에서 크면서 자연 속에 감춰진 비밀들을 깨달아 갔다.

석양의 북새,• 혹은 낮게 깔리는 굴뚝 연기를 보고 그는 비설거지•를 했다. 그런 다음 날은 틀림없이 비가 올 것이므로. 비

• 구들장 방바닥을 만드는 얇고 넓은 돌.
• 송판 소나무를 켜서 만든 널빤지.
• 북새 '노을' 혹은 '북풍'의 사투리.
• 비설거지 비가 오려고 하거나 비가 올 때, 비에 맞으면 안 되는 물건을 치우거나 덮는 일.

가 온 날 저녁에는 또 지렁이가 밤새 운다는 것을 그는 알고 있었다. 똑또르 똑또르 하는 지렁이 울음소리. 냄새와 소리와 맛과 색깔과 형태들이 그 집에서는 선명했다. 모든 것들이 말이다. 왜냐하면 봄과 여름과 가을과 겨울과 아침과 낮과 저녁과 밤이 그 집에서는 뚜렷했으므로. 자연이 그러한 것처럼 사람들의 삶이 명료했다.

이제 그 집을 떠난 그에게는 모든 것이 불분명하다. 아침과 저녁이 불분명하고 사계절이 불분명하고 오감이 불분명하다. 병원에서 태어나 수십 군데 이사를 다니고 나서 겨우 장만한 아파트. 그 사각진 콘크리트 벽 속에 살고 있는 그의 아이는 여름에 긴팔 옷을 입고 겨울에 반팔 옷을 입는다.

돈은 은행에서 나고 먹을 것은 슈퍼에서 나는 것으로 아는 아이는, 수박이 어느 계절의 과일인지 분간하지 못하는 아이는 그래서 봄 여름 가을 겨울을 알지 못한다. 아침저녁의 냄새와 소리와 맛과 형태와 색깔이 어떻게 다른지 알지 못한다.

어머니의 부음•을 듣고 그는 그가 나고 성장한 그 노란 집으로 갔다. 팔 남매를 낳고 기르느라 조그마해질 대로 조그마해진 어머니는 바로 자신의 아이들을 낳았던 그 자리에 자신의 몸을 부려 놓고 있었다.

그 집, 노란 그 집에 탄생과 죽음이 있었다. 그 집 안주인의

• 부음 사람이 죽었다는 것을 알리는 말이나 글.

죽음 이후 그 집은 적막해졌다. 아무도 그 집에 들어와 살지 않을 것이며 누구도 아이를 그 집에서 낳지 않을 것이며 그러므로 죽음 또한 그 집에서는 일어나지 않을 것이다. 그 집의 역사는 그렇게 끝이 난 것이다.

우리들의 어머니의 죽음과 함께 조왕신• 과 성주신이 살지 않는 우리들의 집은 이제 적막하다. 더 이상의 탄생과 죽음이 없는 우리들의 집은 쓸쓸하다.

우리는 오늘 밤도 쓸쓸한 집으로 돌아들 간다.

• 조왕신 부엌을 맡는다는 신. 늘 부엌에 있으면서 모든 길흉을 판단한다고 한다.

공선옥 1963~
소설가. 전남대학교 국문학과를 중퇴하고 1991년 『창작과비평』으로 등단했다. 소설집 『멋진 한 세상』 『명랑한 밤길』 『은주의 영화』, 장편소설 『내가 가장 예뻤을 때』 『그 노래는 어디서 왔을까』, 청소년소설 『나는 죽지 않겠다』 『라면은 멋있다』, 산문집 『자운영 꽃밭에서 나는 울었네』 『그 밥은 어디서 왔을까』 등이 있다.

사립 학교 자리, 시새움과 책전이 키운 아이들

신경림

중학교 입시를 위한 과외가 시작된 것도 5학년 2학기 사립 학교 자리에서였던 것 같다. 과외라야 진학을 희망하는 아이들 20여 명이 방과 후에 남아 선생님이 흑판에 써 놓은 입시 예상 문제를 푸는 수준이었다. 선생님은 열성이 대단해서 끝까지 남아 있다가 우리가 답을 써내면 틀린 곳을 바로잡아 답안지를 돌려주었다. 2반은 과외를 하지 않았는데 그 일이 민망했던지 2반 담임이 우리들 듣는 앞에서 "과외는 해서 뭐 해, 진학할 아이들이 몇이나 된다고!" 하고 우리 담임을 핀잔해서 우리들을 분개하게 하기도 했다. (중략)

아마 우리들 중 집안의 적극적인 지원을 받으면서 가장 여유 있게 과외 공부를 한 것은 나와 잡화점집 아들이었을 것이다. 이웃이기도 하고 아버지가 친구 사이여서 입학하기 전부터 동무로 놀던 나와 강덕식이라는 그 아이는, 동화책이며 참고서 따위를 서로 시새워 사고 읽었다. 그가 읽은 동화라면 나도 악착같이 구해 읽었고 그가 가지고 있는 참고서면 나도 어떻게 해서든 사들였다.

우리는 서로 경쟁심 같은 것을 가지고 있었던 것 같다. 그의 사촌 형인 강은식 선생과 함께 장 구경을 나간 일이 있었다. 책전• 에서 그는 동생에게 동화책을 사 주면서 우리 둘에게 함께 읽으라고 말했지만, 나는 그 동화책이 그가 읽고 나서 내게 돌아오는 시간을 기다릴 수 없었다. 나는 그들과 인사도 하는 둥 마는 둥 헤어져 집으로 달려 들어와 할머니한테 책값을 타냈다. 그러고는 책전으로 달려가 똑같은 동화책을 사 가지고 가서는 그날 밤으로 단숨에 읽어 버렸다. 다음 날 보니 다행히 그 아이는 반밖에 못 읽고 있었다. 『바보 이반』이란 러시아 동화집이었다.

그 아이와 읍내까지의 50리 길을 여행한 것도 5학년 2학기였던 것 같다. 읍내 아이들은 좋은 참고서며 입시 문제집을 가지고 공부하고 있는데 우리는 그런 것들이 없으니 어떻게 그들을 따라가겠느냐는 담임의 탄식은 우리를 초조하게 만들었다. 장에 오는 책전에 진열된 문제집이나 참고서는 가짓수도 적고, 말하자면 덤핑물• 로, 내용도 조잡한 것들뿐이었다. 나와 그 아이는 상의하고 또 상의했다. 그러고는 직접 읍내 큰 서점

• 시새우다 자기보다 잘되거나 나은 사람을 공연히 미워하고 싫어하다.
• 책전 서점.
• 덤핑물 '덤핑(dumping)'은 원가에 비용이나 이윤을 더하지 않고 싼 가격으로 물건을 파는 일을 의미함. '덤핑물'은 그렇게 파는 물건을 말한다.

에 가서 문제집이며 참고서를 고르기로 결정했다. 아버지나 어머니 그리고 할머니는 그 먼 길을 어떻게 갔다 오겠느냐며 읍내에 살고 있는 고모에게 부탁하여 사 보내게 하면 좋지 않겠느냐고 했지만 나는 막무가내였다.

우리는 그 토요일로 당장 길을 떠났다. 두 시간쯤 걸으니 흰 돛 단 배, 누런 돛 단 배가 점점이 떠 있는 강이 나왔다. 강을 따라 다시 한 시간쯤 가니 살구꽃이 만발한 나루,• 나루를 건너니 널따란 채마밭,• 채마밭을 끼고 큰길을 또 한 시간쯤 걸으니 읍내였다. 읍내에는 이층집이 즐비하고 많은 차들이 먼지를 일으키며 질주했다. 나는 숨이 턱 막히는 것 같았다. 병

• 나루 강이나 내, 또는 좁은 바닷목에서 배가 건너다니는 일정한 곳.
• 채마밭 채마를 심어 가꾸는 밭. '채마'는 먹을거리나 입을 거리로 심어서 가꾸는 식물을 말한다.

이 나서 삼촌의 등에 업혀 읍내에 들어와 본 일은 있었지만 내 발로 걸어 들어오기는 처음이었던 것이다.

물어물어 서점을 찾아갔을 때는 이미 거리에 어둑어둑 땅거미[•]가 깔리고, 서점에는 환하게 전등불이 켜져 있었다. 너무 책이 많아 정신을 차리지 못하는데 점원이 우리에게 찾는 책을 물었고, 우리가 말하자 책을 찾아 주었다. 우리는 자세히 보지도 않고 책값을 냈고, 그 책들을 배낭에 넣고 밖으로 나왔다. 밖은 이미 한밤중이 되어 있어, 나는 더럭 겁이 났다. 그래도 저녁은 먹어야겠어서 가까이 있는 식당을 찾아 들어갔다. 잠은 고모네 집을 찾아가 자기로 정해져 있었다.

밥을 시켜 먹고 있는데 옆자리의 아저씨들이 우리가 촌에서 온 것을 알고는 말을 붙였다. 나는 책을 사러 왔다는 말을 하고 찾아갈 고모네 집 주소가 적힌 쪽지를 내밀었다. "야, 너희들 멀리서 왔구나!" 그러면서 쪽지를 받아 든 그는 "어, 이거 너무 멀잖아." 했다. 고모네 집까지는 걸어서 한 시간도 더 걸린다는 것이었다. 결국 우리는 군청 직원인 그 아저씨들을 따라가 군청 숙직실에서 자고 아침밥까지 얻어먹었다. 이튿날 다시 서점에 가서 이번에는 동화책들을 뒤졌는데, 「포도와 구슬」로 익숙해 있던 현덕의 소설집 『남생이』를 어린이물로 알고 산 것도 이때다.

돌아오는 길은 훨씬 즐거웠던 것 같다. 먼지가 폭삭대는 길,

• 땅거미 해가 진 뒤 어스레한 상태. 또는 그런 때.

강가의 널따란 채마밭, 강바람에 날리던 살구 꽃잎들. 나루터의 늙은 사공, 새파란 강물에 드문드문 박힌 노랗고 흰 돛을 단 배들……. 이때 본 이런 것들은 군청 마당의 늙은 느티나무와 마음씨 좋은 직원의 웃는 모습, 그리고 현덕의 소설 「군맹(群盲)」 속의 인물들인 만수 또는 점숙의 모습과 함께 아직도 내 뇌리• 에 짙은 색깔의 그림으로 박혀 있다. (하략)

• 뇌리 사람의 의식이나 기억, 생각 따위가 들어 있는 영역.

신경림 1935~

시인. 동국대학교 영문학과를 졸업했다. 1956년 『문학예술』에 시가 추천되어 등단했다. 시집 『농무』 『새재』 『달 넘세』 『가난한 사랑노래』 『길』 『쓰러진 자의 꿈』 『어머니와 할머니의 실루엣』 『뿔』 『낙타』 『사진관집 이층』, 산문집 『신경림의 시인을 찾아서』 『바람의 풍경』 등이 있다.

그림엽서

곽재구

내가 그를 처음 만난 곳은 동네 목욕탕에서였다. 탈의장에서 옷을 벗다 말고 나는 한동안 그를 지켜보았다.

그는 한쪽 손으로 벽을 더듬어 가고 있었다. 탈의장 안에 다른 사람은 없었다. 얼마 지나지 않아 그는 욕탕 문의 손잡이를 찾아내고는 곧장 안으로 들어갔다.

욕탕 안은 한산했다. 나와 그 외에 목욕하는 사람이 둘. 그는 다시 손끝으로 벽을 더듬더니 샤워기 아래에 섰다. 손끝으로 물 온도를 가늠하던 그는 곧장 샤워를 했다. 비누칠을 하고 두 번 거푸 머리를 감는 모습도 보였다.

샤워가 끝난 뒤에는 양치질이 있었다. 들고 온 작은 손가방에서 그가 칫솔을 꺼냈다. 그는 다시 한쪽 손으로 벽을 더듬어 가기 시작했다. 그의 손에 치약이 잡혔다. 그러나 그는 치약을 스쳐 지나갔다. 그가 찾는 것은 치약이 아니었다. 나는 얼른 소금통을 그의 앞에 옮겨다 놓았다. 그의 손끝이 소금통에 닿

았다. 그 순간이었다.

"여기가 아닌데……."

그가 혼자 중얼거리더니 금세 내 쪽을 향하고서는 고맙습니다,라고 인사를 했다. 인사를 하면서 그는 환하게 웃었다.

그가 인사를 하는데도 나는 아무 말도 하지 못했다. '천만에요. 괜찮습니다. 무슨…….' 욕탕 안에서 혼자 생각해 보았지만 정말 적당한 대꾸를 찾을 수 없었다.

양치질을 끝낸 그가 착수한 일은 면도였다. 나는 그가 거울 앞에 서서 얼굴에 비누칠을 하는 것을 보았다. 손가방에서 꺼낸 면도기로 쓱쓱 면도를 했다. 면도기가 지나간 쪽을 손바닥으로 한번 만져 보고 거울에 비춰 보는 시늉을 할 때는 피식 웃음이 나왔다.

그의 목욕은 아무 탈이 없이 끝났다. 아니 탈의실로 나가는 과정에서 한 번의 작은 실수가 있었다. 그가 욕탕 문을 열고 탈의실로 나가는 순간 곁에 비켜서 있던 한 손님과 몸이 부딪쳤다. 손님은 금세 상황을 이해했다. 그는 미안합니다, 하고 허리를 굽혔다.

"허참, 이런 일이 없었는데……."

그는 혼자 그렇게 중얼거렸다. 그러면서 또 밝게 웃었다. 나는 그가 자신의 옷장을 찾아 옷을 입고 양말을 신는 모습을 보았다.

내가 그를 두 번째 본 곳은 불로동 다리 위에서였다. 불로동 다리는 광주천에 놓인 다리 중 가장 작고 가장 낡은 다리였다. 승용차 두 대가 겨우 비껴가던 이 다리는 무너진 성수대교 덕분에 완전히 사람들 차지가 되었다. 차량 통행이 금지되면서 솜사탕 장수와 군고구마 장수가 다리 한쪽에 들어서기도 하고 여름밤 같은 때엔 다리 바닥에 신문지를 깔고 앉아 소주 추렴• 을 하는 시민들도 왕왕 생겨났다. 다리 난간에 기대서서 꽤나 낭만적인 포즈를 취하는 연인들의 모습 또한 심심찮게 눈에 띄었다.

다리 위는 미끄러웠다. 이삼일 전에 내린 눈이 반질반질 얼어붙었고 하늘에서는 제법 큰 눈송이들이 내렸다. 나는 시내로 나가는 길이었고 그는 목욕탕이 있는 동네 쪽으로 들어오

• 추렴 모임이나 잔치에 쓸 돈을 여럿이 조금씩 나누어 내는 것.

는 길이었다.

그는 길을 더듬어 가는 지팡이를 지니고 있었고 검은 안경을 끼고 있었다. 안경을 낀 모습이 생소했지만 분명히 목욕탕에서 만난 그였다. 아무런 구김살 없이, 아무런 불편도 못 느낀다는 듯이 목욕을 끝내고 나서던 그의 모습이 새삼 떠올랐다.

이날 빙판길을 조심조심 걸어오던 그는 내게 또 하나의 눈여겨볼 얘깃거리를 건네주었다. 그의 가슴 한쪽에 꽃다발이 한 아름 안겨 있었다. 프리지어였다. 회색빛의 도시와 노란빛의 꽃다발이 싱싱하게 어울렸다.

"참 예쁜 꽃이네요."

인사 겸 내가 그렇게 말했을 때 그는 여전히 맑게 웃었다.

"아내가 좋아해요."

아내? 나는 조금 놀랐던 것 같다. 그에게 아내가 있으리라는 생각 같은 건 해 보지 않았다. 그는 불로동 다리를 건너서 목욕탕이 있는 쪽으로 곧장 걸어갔다. 나는 한동안 멈춰 서서 꽃다발을 안고 가는 그의 뒷모습을 바라보았다.

며칠 뒤, 작업실 창문으로 불로동 다리 쪽을 바라보던 나는 또 한 장의 그림엽서를 보았다.

두 사람이 다리를 건너 동네 쪽으로 오고 있었다. 지팡이로 길 앞을 더듬고 오는 친구는 분명히 그였다. 한 사람은 그의 팔짱을 끼고 있었는데, 여자였다. 검은 안경을 낀 여자는 완전히 그에게 몸을 의지하고 있었다.

그가 "아내가 좋아해요."라고 말했을 때 나는 조금 움찔했지만 이번에는 가슴이 먹먹했다. 그에게 아내가 있으리라고 생각하지 못했지만 그 아내가 또한 앞을 보지 못하리라는 생각은 전혀 하지 못했다.

둘은 길을 더듬어 목욕탕 앞길에서 왼쪽 길로 사라졌다. 달방•들이 늘어서 있는 골목길. 그가 가슴에 안고 오던 프리지어 꽃다발이 골목길의 입구에 싱싱하게 걸려 있는 모습을 나는 보았다.

그 뒤로도 가끔 그를 보았다. 동네의 슈퍼에서 과일을 사는 모습도 보았고 중국집에서 그와 프리지어를 닮은 그의 아내가 함께 우동을 먹는 모습도 보았다. 그가 목욕을 하러 오는 날이 화요일이라는 것도 곧 알게 되었다. 화요일 오후 두 시쯤 나는 그를 만나러 동네 목욕탕에 가곤 한다.

그가 능숙한 솜씨로 목욕을 끝내는 것을 조심스레 지켜보면서 나는 삶이란 그것을 가꿔 갈 정직하고 따뜻한 능력이 있는 이에게만 주어지는 어떤 꽃다발 같은 것이라는 생각을 한다.

• 달방 장기 숙박 여관.

곽재구 1954~

시인. 전남대학교 국문학과를 졸업했다. 1981년 중앙일보 신춘문예에 시가 당선되어 등단했다. 시집 『사평역에서』 『전장포 아리랑』 『서울 세노야』 『참 맑은 물살』 『꽃보다 먼저 마음을 주었네』 『와온 바다』, 산문집 『곽재구의 포구기행』 『곽재구의 예술기행』 『우리가 사랑한 1초들』 등이 있다.

어떤 말은 죽지 않는다

박준

나는 누군가와 대화를 나눌 때 한 문장 정도의 말을 기억하려 애쓰는 버릇이 있다. "뜨거운 물 좀 떠 와라."는 외할아버지가 내게 남긴 마지막 말이었고 "그때 만났던 청요릿집에서 곧 보세."는 평소 좋아하던 원로 소설가 선생님의 마지막 말이었다. 나는 죄송스럽게도 두 분의 임종을 보지 못했으므로 이 말들은 두 분이 내게 남긴 유언이 되었다.

먼저 죽은 이들의 말이 아니더라도 나는 기억해 두고 있는 말이 많다. "다음 만날 때에는 네가 좋아하는 종로에서 보자."라는 말은 분당의 어느 거리에서 헤어진 오래전 애인의 말이었고 "요즘 충무로에는 영화가 없어."는 이제는 연이 다해 자연스레 멀어진 전 직장 동료의 마지막 말이었다.

이제 나는 그들을 만나지 않을 것이고 혹 거리에서 스친다고 하더라도 아마 짧은 눈빛으로 인사 정도를 하며 멀어질 것이다. 그러니 이 말들 역시 그들의 유언이 된 셈이다.

역으로 나는 타인에게 별생각 없이 건넨 말이 내가 그들에게 남긴 유언이 될 수 있다고 믿는다. 그래서 같은 말이라도 조금 따뜻하고 예쁘게 하려 노력하는 편이다.

하지만 쉬운 일이 아니다. 오늘만 하더라도 아침 업무 회의 시간에 '전략', '전멸'같이 알고 보면 끔찍한 뜻의 전쟁 용어들을 아무렇지도 않게 썼고 점심에는 식당에서 우연히 만난 지인에게 "언제 밥 먹자."라는 진부한 말을 했으며 저녁부터는 혼자 있느라 누군가에게 말을 할 기회가 없었다.

말은 사람의 입에서 태어났다가 사람의 귀에서 죽는다. 하지만 어떤 말들은 죽지 않고 사람의 마음속으로 들어가 살아남는다.

꼭 나처럼 습관적으로 타인의 말을 기억해 두는 버릇이 없다 하더라도 대부분의 사람들은 저마다의 마음에 꽤나 많은 말을 쌓아 두고 지낸다. 어떤 말은 두렵고 어떤 말은 반갑고 어떤 말은 여전히 아플 것이며 또 어떤 말은 설렘으로 남아 있을 것이다.

검은 글자가 빼곡하게 적힌 유서처럼 그 수많은 유언들을 가득 담고 있을 당신의 마음을 생각하는 밤이다.

박준 1983~

시인. 2008년 『실천문학』으로 등단했다. 시집 『당신의 이름을 지어다가 며칠은 먹었다』 『우리가 함께 장마를 볼 수도 있겠습니다』, 산문집 『운다고 달라지는 일은 아무것도 없겠지만』 등이 있다.

일상 속에서의 대화들이 말의 거리를 지운다

김인숙

2005년 작가대회 참석차 평양으로 가던 날의 일이다. 작가대회라는 것이 워낙 어렵게 성사되어 낼모레 떠난다며 방북 교육을 받기는 이미 1년도 훨씬 전이지만, 막상 떠나기는 1년하고도 몇 개월이 더 지나 2005년 7월이었다. 대회가 연기되면서 처음 한두 달 동안은 언제 가나 궁금하고 초조해 했는데 시간이 한정 없이 흐르자 나중에는 긴장도 사라지고 흥미도 엷어지고, 종내에는 북으로 가는 일이 뭐 그리 대단한 일인가 여겨지게까지 되었다. 낼모레 떠난다며 방북 교육을 받을 당시만 하더라도, 북은 세계에서 가장 먼 나라인 듯했고, 발바닥이 짜릿짜릿할 정도로 긴장된 것이 사실이었다. 그러나 막상 떠나는 날, 발바닥은 뜨겁지 않고, 비행기 탑승 시간을 기다리는 마음도 자못 태연했다. 그것은 내 가족들도 마찬가지여서 1년 전에는 '갔다가 돌아올 수는 있는 거냐.'며 울먹이던 어머니는 공항에서 다녀오겠다며 인사차 건 전화에는 그저 '잘 갔

다 와라.' 한마디뿐이셨다. 나도 그러하거니와 내 어머니도 배짱이 늘었다 싶어 기분이 자못 유쾌하기까지 했으나, 그런 기분은 막상 고려민항에 탑승하는 순간 씻은 듯이 사라져, 나도 모르는 사이에 어느새 발바닥이 다시 뜨거워져 있었다.

"안녕하십니까, 어서 오십시오." 인사를 건네는 고려민항 승무원 아가씨들은, 그러니까 내가 태어나 처음으로 만나 본 진짜 북쪽 사람들인 셈이다. 여행지에서 간혹 북측에서 직접 경영하는 북쪽 식당엘 갔던 적이 있고, 그곳에서 일하는 의례원 아가씨들과 농담을 주고받은 적이 있기는 하지만, 외지라는 특성 때문인지 나는 그들을 '여행지의 사람들'로 여겼지 '북쪽 사람들'로 여기지는 않았던 것 같다. 그러나 고려민항 승무원들은 그야말로 진짜 북쪽 사람들이다. 고려민항은 진짜 북쪽

비행기이고, 좌석에는 진짜 북쪽 간행물—사적으로 소지하고 있다면 국가보안법에 저촉될 것이 뻔한—들이 비치되어 있었다. 비행기를 탄 100여 명이 넘는 탑승자들의 목소리가 한결같이 낮다. 모두들 귀엣말을 건네듯이 소곤소곤하는데, 혹시 무슨 실수하는 말을 할까 그 낮은 말마저도 조심스럽다.

비행기가 이륙하고 승무원들의 기내 안내가 시작되었다. 보통의 다른 비행기에서 하듯 반갑다는 인사와 비상시 대처 행동 요령 등의 안내였는데, 그 간단한 말 몇 마디에 뜨겁던 발바닥의 긴장이 나도 모르는 사이에 슬며시 풀어져 버린 것은, 그들의 말 때문이었다. 말의 내용이 아니라 그야말로 '말'.

'어, 북쪽 사람들이 우리말을 쓰네.'

문학적 과장이 아니다. 티브이에서 때때로 보게 되는 북쪽 관련 보도에는 북쪽 방송 장면이 나오기도 한다. 단조로운 푸른색, 붉은색 배경 앞에 한복을 입고 앉은 북쪽 여자 아나운서는 거칠고 센 억양으로 정치적인 발언을 선동적으로 한다. 금방 구호라도 외칠 듯, 혹시 주먹을 쥐고 있지는 않나, 궁금해지는 '말'들이 티브이에서 튀어나온다. 결국 같은 말이니 그들이 하는 말의 내용을 못 알아들을 것은 없다. 그러나 그때마다 그들의 말은 우리말이 아니라 완전히 다른 나라의 말, 세상에서 가장 먼 나라의 말로 들리는 게 사실이다. '그들'의 말은 거칠고 거북하다. 북쪽에서 아이스크림을 '얼음보숭이'라고 한다는 말을 들으면, 그것은 말의 차이가 아니라 남과 북의 거리의 잣대처럼 여겨진다(실제로 북에 가서 확인해 보니, '얼음보숭이'는 사전에나 나오는 단어일 뿐이고 그들 역시 실제로는 아이스크림이라는 말을 일상적으로 사용한다고 한다.).

그러나 고려민항 승무원 아가씨들, 그러니까 내가 태어나 처음 만나 본 진짜 북쪽 사람들의 말은 거칠지도, 거북하지도 않다. 좌석마다 음료와 간식을 돌리며 다정하게 건네는 말들은 '일상의 언어'들이다. 물론 남쪽과는 다른 단어들이 쓰이고, 억양도 분명히 다르지만, 경상도 아가씨나 전라도 아가씨처럼, 그들도 그저 북쪽 아가씨들일 뿐이다. 일상의 언어는 사근사근하고 다정하게만 들린다.

그 후 4박 5일간 북쪽에 머물면서 다시 느꼈지만, '차이'와 '거리'를 지우는 것은 말의 다른 뜻과 다른 함의를 지워 나가는 게 아니라, 오히려 그것을 자연스럽게 받아들이는 것이 아닌가 싶다.

밥을 먹고 술을 마시면서, 함께 거닐면서, 혹은 버스 안에서 같이 꾸벅꾸벅 졸다 깨어나면서, 그런 일상 속에서의 대화들이 말의 거리를 지운다. (하략)

• 함의 말이나 글 속에 어떤 뜻이 들어 있음. 또는 그 뜻.

김인숙 1963

소설가. 연세대학교 신문방송학과를 졸업했다. 1983년 조선일보 신춘문예에 소설이 당선되어 등단했다. 소설집 『함께 걷는 길』 『칼날과 사랑』 『유리구두』 『브라스밴드를 기다리며』 『그 여자의 자서전』 『단 하루의 영원한 밤』, 장편소설 『'79~'80 겨울에서 봄 사이』 『긴 밤, 짧게 다가온 아침』 『그래서 너를 안는다』 『시드니 그 푸른 바다에 서다』 『먼 길』 『꽃의 기억』 『우연』 등이 있다.

먹어서 죽는다

법정

우리나라는 어디를 가나 온통 음식점 간판들로 요란하다. 도심에서 조금만 벗어나면 웬 '가든'이 그리도 많은지, 서너 집 건너 너도나도 모두가 가든이다. 숯불갈빗집을 '가든'이라고 부르는 모양이다.

사철탕에다 흑염솟집, 무슨 연극의 제목 같은 '멧돼지와 촌닭' 집도 심심치 않게 눈에 띈다. 이 땅에서 이미 소멸해 버리고 없다는 토종닭집도 버젓이 간판을 내걸고 있다. 바닷가에는 동해, 남해, 황해를 가릴 것 없이 경관이 그럴듯한 곳이면 횟집들이 다닥다닥 줄을 잇고 있다.

우리 한국인들이 이렇듯 먹을거리에, 그중에서도 육식에 열을 올린 지는 그리 오래된 일이 아니다. 1960년대 이래 산업화와 도시화의 영향으로 식생활도 채식 위주에서 육식 위주로 바뀌게 된 것이다. 국내산만으로는 턱도 없이 부족하여 엄청난 물량의 육류를 외국에서 수입해다 먹는다. 국민 건강을 생각할 때, 그리고 한국인의 전통적인 기질과 체질을 고려할 때, 이와 같은 육식 위주의 식생활은 결코 바람직하지 않다.

미국의 환경 운동가로 널리 알려진 제러미 리프킨은 『육식의 종말』이라는 저서를 통해 개인의 건강을 위해서든, 지구 생태계의 보전을 위해서든, 굶주리는 사람을 위해서든, 또는 동물 학대를 막기 위해서든 산업 사회에서 고기 중심의 식생활 습관은 하루빨리 극복되어야 한다고 역설하고 있다.

그가 인용한 자료에 의하면 소와 돼지, 닭 등 가축들이 지구상에서 생산되는 곡물의 3분의 1을 먹어 치우고 있다. 미국에서 생산되는 곡물의 70퍼센트 이상이 가축의 먹이로 사용된다. 초식 동물인 소가 풀이 아닌 곡식을 먹게 된 것은 20세기에 일어난 일인데, 이런 사실은 농업의 역사에서 일찍이 없었던 새로운 현상이다.

오늘날 미국에서 1파운드의 쇠고기를 생산하는 데에 16파운드의 곡식이 들어간다고 한다. 고기 중심의 식생활 습관이 한정된 지구 자원을 낭비하고 파괴하고 있다. 가난한 제3세계에서 어린이를 비롯한 수백만의 사람들이 곡물이 모자라 굶주리며 죽어 가는 동안, 산업화된 나라들에서는 수백만이 넘는 사람들이 동물성 지방을 지나치게 섭취하여 심장병, 뇌졸중, 암으로 죽어 가고 있다.

미국 공중위생국의 한 보고서에 의하면, 1987년에 사망한 210만 명의 미국인 가운데 150만 명은 포화 지방의 과잉 섭취가 주요 사망 원인이었다고 한다. 특히 미국에서 두 번째로 흔한 질병인 대장암은 육식과 직접적인 관계가 있다고 한다. 한 연구 보고서는, 고기 소비와 심장 질환 및 암 발생의 높은 관련성을 보여 주는데, 쇠고기 문화권에서의 심장병 발생률이 채식 문화권에서의 심장병 발생률보다 무려 50배나 더 높다고 한다. 그러니 오늘날 미국인들과 유럽인들은 말 그대로 '먹어서 죽는다'고 할 수 있다.

이와 같은 연구 사례를 읽으면서 내가 두려움을 느낀 까닭은, 요즘 우리나라에서도 어른 아이 할 것 없이 전통적인 우리 식사 습관을 버리고 서양식 식사 습관을 그대로 모방하고 있기 때문이다. 병원마다 환자들로 초만원을 이루는 원인이 어디에 있는지 우리는 곰곰이 되돌아보아야 한다. 먹어서 죽는 것은 미국인들과 유럽인들만이 아니다. 우리도 먹어서, 너무 기름지게 먹어서 죽을 수 있다.

동물들의 사육장에 관한 기록을 읽으면서 우리 인간이 얼마나 잔인하고 무자비한 존재인가를 같은 인간으로서 부끄러워하지 않을 수 없었다. 어린 수송아지들은 태어나자마자 거세된다. 좀 더 순종적으로 만들고 고기의 질을 개선하기 위해서이다. 또 짐승들끼리 비좁은 우리에서 서로 상처를 입히지 않도록 쇠뿔의 뿌리를 태우는데, 뿌리를 태우는 화학 약품을 마취도 하지 않은 채 사용한다.

그뿐만 아니라 최소한의 시간에 최대한의 무게를 얻기 위해서 사육 관리자들은 성장 촉진 호르몬과 사료 첨가물을 포함한 여러 가지 약제들을 소들한테 투여한다. 사육장에서 기르

는 미국 소 전체의 95퍼센트가 성장 촉진 호르몬을 투여받고 있다는 것이다. 또 사육장 안에서 발생하기 쉬운 질병을 예방하기 위해 항생제를 쓰는데, 이는 특히 젖소들에게 많이 투여한다. 사람들이 먹는 쇠고기에 항생제 잔류물이 있을 것은 묻지 않아도 뻔하다.

거세되고 유순해지고 약물을 주입당한 소들은 옥수수, 사탕수수, 콩 같은 곡물을 얻어먹으면서 긴 시간을 보내는데, 그 곡물들은 온통 제초제로 절여진 것들이다. 현재 미국에서 사용되는 제초제의 80퍼센트는 옥수수와 콩에 살포된다고 한다. 말 못 하는 짐승들이 이런 곡식을 먹고 나면 그 제초제는 동물들의 몸에 축적되고, 이는 또 수입 쇠고기를 먹는 이 땅의 소비자들에게 그대로 옮겨진다.

미국 학술원의 국립조사위원회에 의하면 쇠고기는 제초제에 오염된 것 가운데 제1위를, 살충제에 오염된 것 가운데 제2위를 차지한다. 제초제와 살충제로 인한 발암 위험이 따르는 것은 더 말할 필요도 없다.

리프킨의 글을 읽으면서, 육식 위주의 요즘 우리 식생활이 얼마나 어리석고 위태로운가를 되돌아본다. 그의 글은 일찍이 우리가 농경 사회에서 익혀 온 식생활이 더없이 이상적이고 합리적이라는 사실을 깨우쳐 주고 있다. 우리는 그릇되게 먹어서 죽는 어리석음에서 벗어나야 한다.

법정 1932~2010
스님, 수필가. 수필집 『무소유』 『오두막 편지』 『새들이 떠나간 숲은 적막하다』 『버리고 떠나기』 『산방한담』 『텅빈 충만』 『서 있는 사람들』 등이 있다.

직립 보행

법정

오늘은 볼일이 좀 있어 세상 바람을 쐬고 돌아왔다. 산에서 가장 가까운 도시래야 140리 밖에 있는 광주시. 늘 그렇듯이 세상은 시끄러움과 먼지를 일으키며 바쁘게 돌아가고 있었다. 우체국에서 볼일을 마치고, 나온 걸음에 시장에 들러 찬거리를 좀 사고, 눈 속에서 신을 털신도 한 켤레 골랐다. 그리고 화장품 가게가 눈에 띄길래 손 튼 데 바르는 약도 하나 샀다. 돌아오는 길에는 차 시간이 맞지 않아 다른 데로 가는 차를 타고 도중에 내려 30리 길을 걸어서 왔다.

논밭이 텅 빈 초겨울의 들길을 휘적휘적 걸으니, 차 속에서 찌뿌드드하던 머리도 말끔히 개어 상쾌하게 부풀어 올랐다. 걷는 것은 얼마나 자유스럽고 주체적인 동작인가. 밝은 햇살을 온몸에 받으며 상쾌한 공기를 마음껏 마시고 스적스적 활개를 치면서 걷는다는 것은 참으로 유쾌한 일이다. 걷는 것은 어디에도 의존하지 않고 내가 내 힘으로 이동하는 일이다.

흥이 나면 휘파람도 불 수 있고, 산수가 아름다운 곳에 이르면 걸음을 멈추고 눈을 닦을 수도 있다. 길벗이 없더라도 무방하리라. 치수가 맞지 않는 길벗은 오히려 부담이 되니까, 좀 허전하더라도 그것은 나그네의 체중 같은 것. 혼자서 걷는 길이 생각에 몰입할 수 있어 좋다. 살아온 자취를 되돌아보고 앞으로 넘어야 할 삶의 고개를 헤아린다.

인간이 사유하게 된 것은, 모르긴 하지만 걷는 일로부터 시작됐을 것이다. 한곳에 멈추어 생각하면 맴돌거나 망상에 사로잡히기 쉽지만, 걸으면서 궁리를 하면 막힘없이 술술 풀려 깊이와 무게를 더할 수 있다. 칸트나 베토벤의 경우를 들출 것도 없이, 위대한 철인이나 예술가들이 즐겨 산책길에 나선 것도 따지고 보면 걷는 데서 창의력을 일깨울 수 있었기 때문일 것이다.

그런데 언제부턴가 우리들은 잃어 가고 있다. 이렇듯 당당한 직립 보행을. 인간만이 누릴 수 있다는 그 의젓한 자세를. 더 말할 나위도 없이 자동차라는 교통수단이 생기면서 우리들은 걸음을 조금씩 빼앗기고 말았다. 그리고 생각의 자유도 서서히 박탈당하기 시작했다. 붐비는 차 안에서는 긴장을 풀 수 없기 때문에 생각을 제대로 펴 나갈 수가 없다. 이름도 성도 알 수 없는 몸뚱이들에게 떠밀려 둥둥 떠 있어야 한다.

그리고 운전기사와 안내양이 공모하여 노상 틀어 대는 소음 장치 때문에 우리는 머리를 비워 주어야 한다. 차가 내뿜는 매연의 독소는 말해 봐야 잔소리이니 덮어 두기로 하지만, 편리한 교통수단이라는 게 이런 것인가. 편리한 만큼 우리는 귀중한 무엇인가를 잃어 가고 있다.

30리 길을 걸어오면서, 이 넓은 천지에 내 몸 하나 기댈 곳을 찾아 이렇게 걷고 있구나 싶으니 새나 짐승, 곤충들까지도 그 귀소• 의 길을 방해해서는 안 되겠다는 생각이 들었다. 그들도 저마다 기댈 곳을 찾아 부지런히 길을 가고 있을 테니까.

나는 오늘 차가 없이 걸어온 것을 고맙고 다행하게 생각한다. 내가 내 길을 내 발로 디디면서 모처럼 직립 보행을 할 수 있었다.

언젠가 읽었던 한 시인의 글이 생각난다.

'현대인은 자동차를 보자 첫눈에 반해 그것과 결혼하였다. 그래서 영영 목가적• 인 세계로 돌아오지 못하게 되었다.'

• 귀소 동물이 집이나 둥지로 돌아감.
• 목가적 농촌처럼 소박하고 평화로우며 서정적인. 또는 그런 것.

모든 인간은 존엄하다

구정화

인간이라면 모두 존엄성을 지니고 있습니다. 능력이 뛰어나다고 해서, 외모가 훌륭하다고 해서, 혹은 인성이 좋다고 해서 인간으로서 더 가치 있는 것도 아니며 그렇지 못하다고 해서 가치가 없는 것도 아닙니다. 인간에게 존엄성이 있다는 것은 모든 인간이 가치 있는 존재라는 뜻입니다. 더불어 우리 모두가 이 지구상에 하나뿐인 존재로서 저마다 고유한 정체성•을 가지고 있다는 뜻이기도 합니다.

나와 당신, 모두가 어떤 모습으로 살아가더라도 우리는 존엄한 존재입니다. 여러분이 이상한 복장을 한 채 거리를 돌아다녀도, 여러분이 그 누구도 알지 못하는 특이한 직업을 장래 희망으로 생각할지라도 말입니다.

독특한 개성을 가지고 살아가는 사람들을 소개하는 텔레비

• 정체성 변하지 아니하는 존재의 본질을 깨닫는 성질. 또는 그 성질을 가진 독립적 존재.

전 프로그램이 있었습니다. 이 프로그램에는 평범하게 살아가는 사람들이 상상하기 어려운 사람들이 많이 나왔습니다. 종이를 먹는 사람, 수입의 대부분을 구두 사는 데 쓰는 사람……. 그런데 이 프로그램에서는 이들을 호기심 어린 눈으로 소개할 뿐 섣불리 비난하지 않았습니다. 그냥 그 자체를 인정합니다.

이처럼 각자의 정체성을 인정하고, 오로지 인간 그 자체로서의 가치를 중시하는 것이 인간의 존엄성을 인정하는 태도라고 보면 될 것 같습니다.

이쯤에서 의문이 생길 것입니다. 인간의 존엄성은 도대체 누가 부여한• 것일까요? 답은, 우리는 모두 태어나면서부터 자연적으로 존엄성을 부여받았습니다. 인간으로 태어난 이상 당연히 존엄성을 가지게 된다는 뜻이지요. 그런데 현실에서는 누구나 인간으로서 존엄성을 존중받는 것은 아닙니다. 서로가 서로의 존엄성을 인정해야 하는데, 그렇지 못한 경우가 많기 때문입니다.

예를 들어 볼까요? 내가 교실에서 잠시 남과 다른 행동을 할 때 옆에 있던 친구들이 그 모습을 보고 우리 반에 이상한 아이가 있다고 학교에 소문을 냈다고 해 봅시다. 나의 고유한 정체성은 '이상한 것'으로 평가받았고, 인간으로서 내 가치는 훼손되었습니다. 인간으로서 존엄성을 존중받지 못한 것입니다.

하지만 그렇다고 해서 자연적으로 부여받은 나의 존엄성이 사라진 것은 아닙니다. 나는 여전히 존엄한 존재입니다. 다만 타인에 의해 존중받지 못한 것입니다. 이런 점에서 인간의 존엄성은 우리가 서로 존엄성을 지켜 줄 때 구현됩니다.

대한민국 헌법 제10조는 '모든 국민은 인간으로서 존엄과 가치를 가지며'라고 인간의 존엄성을 선언하고 있습니다. 그런데도 우리 주변에서는 인간의 존엄성을 위협하는 일들이 많이 벌어집니다. 때로는 스스로 자신의 존엄성을 훼손하기도 합니다. 가장 대표적인 경우가 자신을 낮게 평가하는 것입니다. '나는 공부 못하는 아이, 쓸모없는 아이, 사랑받을 가치가 없

• 부여하다 사람에게 권리·명예·임무 따위를 지니도록 해 주거나, 사물이나 일에 가치·의의 따위를 붙여 주다.

는 아이, 모두가 싫어하는 아이야.'라고 생각하는 것은 자신의 존엄성을 스스로 훼손하는 것입니다.

우리는 모두 존엄한 인간입니다. 고유의 정체성을 가진 세상에 하나뿐인 존재입니다. 하루하루 자신을 존엄하게 여기며 살아가야 합니다. 다른 사람도 그러하다는 것을 인정하면서 말입니다.

구정화 1966~

경인교육대학교 교수. 서울대학교 사회교육학과를 졸업하고 같은 학교 대학원에서 박사 학위를 받았다. 지은 책으로 『청소년을 위한 사회학 에세이』『청소년을 위한 사회문화 에세이』『통계 속의 재미있는 세상 이야기』 등이 있다.

나의 소원

김구

"네 소원이 무엇이냐?" 하고 하나님이 내게 물으시면, 나는 서슴지 않고 "내 소원은 대한 독립이오." 하고 대답할 것이다. "그다음 소원은 무엇이냐?" 하면, 나는 또 "우리나라의 독립이오." 할 것이요, 또 "그다음 소원이 무엇이냐?" 하는 셋째 번 물음에도 나는 더욱 소리를 높여서, "나의 소원은 우리나라 대한의 완전한 자주독립이오." 하고 대답할 것이다.

동포 여러분!

나 김구의 소원은 이것 하나밖에 없다. 내 칠십 평생을 이 소원을 위해 살아왔고, 현재에도 이 소원 때문에 살고 있으며, 미래에도 나는 이 소원을 이루려고 살 것이다. 칠십 평생을 독립이 없는 나라의 백성으로 서러움과 부끄러움과 애타는 마음을 가졌던 나에게, 세상에서 가장 좋은 것은 완전하게 자주독립한 나라의 백성으로 살아 보다가 죽는 일이다. 나는 일찍이 우리 독립 정부의 문지기가 되기를 원하였는데, 그것은 우리

나라가 독립국만 되면 나는 그 나라에 가장 미천한 자가 되어도 좋다는 뜻이다. 왜냐하면, 독립한 제 나라의 빈천이 남의 밑에 사는 부귀보다 기쁘고, 영광스럽고, 희망이 많기 때문이다.

옛날 일본에 갔던 신라의 충신 박제상이, "차라리 계림•의 개, 돼지가 될지언정 왜왕의 신하로 부귀를 누리지 않겠다."라고 한 것이 그의 진정이었던 것을 나는 안다. 왜왕이 높은 벼슬과 많은 재물을 준다는 것도 거절하고 제상이 기꺼이 죽음을 택한 것은, "차라리 내 나라의 귀신이 되리라."는 의지 때문이었다.

• 계림 '신라'의 다른 이름.

근래, 우리 동포 중에는 우리나라가 어느 이웃 나라의 연방이 되기를 소원하는 사람이 있다 하니 나는 그 말을 차마 믿지 않지만, 만일 정말로 그러한 사람이 있다고 한다면 그는 제정신을 잃은 미친놈이라고밖에 볼 수 없다. 나는 공자·석가·예수의 도를 배웠고 그들을 성인으로 숭배하지만, 그들이 합하여 세운 천당·극락이 있다 하더라도 그것이 우리 민족이 세운 나라가 아니기 때문에 나는 우리 민족을 그 나라로 끌고 들어가지 않을 것이다.

왜냐하면 피와 역사를 같이하는 민족이란 완연히 있는 것이어서, 내 몸이 남의 몸이 될 수 없는 것과 같이 이 민족이 저 민족이 될 수 없는 것은, 마치 형제도 한집에서 살기 어려운 것과 같은 것이다. 둘 이상이 합하여서 하나가 되자면 하나는 높고 하나는 낮아서, 하나는 위에 있어서 명령하고 하나는 밑에 있어서 복종하는 것이 근본 문제가 되는 것이다. (중략)

나는 우리나라가 세계에서 가장 아름다운 나라가 되기를 원한다. 가장 부강한 나라가 되기를 원하는 것은 아니다. 내가 남의 침략에 가슴이 아팠으니, 내 나라가 남을 침략하는 것을 원치 아니한다. 우리의 부는 우리의 생활을 풍족히 할 만하고 우리의 힘은 남의 침략을 막을 만하면 족하다. 오직 한없이 가지고 싶은 것은 높은 문화의 힘이다. 문화의 힘은 우리 자신을 행복하게 하고, 나아가서 남에게도 행복을 주기 때문이다. 지금 인류에게 부족한 것은 무력도 아니요, 경제력도 아니다. 자연 과학의 힘은 아무리 많아도 좋으나, 인류 전체로 보면 현재의 자연 과학만 가지고도 편안히 살아가기에 충분하다.

현재, 인류가 불행한 근본적인 이유는 인의• 가 부족하고, 자비가 부족하고, 사랑이 부족하기 때문이다. 이 마음만 발달이 되면, 현재의 물질력으로도 20억이 다 같이 편안히 살아갈 수 있을 것이다. 인류에게 이 정신을 배양하는• 것은 오직 문화다. 나는 우리나라가 남의 것을 모방하는 나라가 되지 말고, 이러한 높고 새로운 문화의 근원이 되고, 목표가 되고, 모범이 되기를 원한다. 그래서 진정한 세계의 평화가 우리나라에서, 우리나라로 인해 세계에 실현되기를 원한다.

홍익인간• 이라는 우리나라의 시조 단군의 이상이 이것이라고 믿는다. 또 우리 민족의 재주와 정신과 과거의 단련이 이 사명을 달성하기에 충분하고, 우리 국토의 위치와 기타의 지리적 조건이 그러하며, 또 제1차·제2차 세계 대전을 치른 인류의 요구가 그러하며, 이러한 시대에 새로 나라를 고쳐 세우는 우리의 현재 시기가 그러하다고 믿는다. 우리 민족이 주연 배우로 세계의 무대에 등장할 날이 눈앞에 보이지 아니하는가.

이 일을 하기 위하여 우리가 할 일은 사상의 자유를 확보하는 정치 양식의 건립과 국민 교육의 완비• 이다. 내가 위에서

• 인의 어질고 의로움.
• 배양하다 인격, 역량, 사상 따위가 발전하도록 가르치고 키우다.
• 홍익인간 널리 인간을 이롭게 함. 단군의 건국 이념으로서 우리나라 정치, 교육, 문화의 최고 이념이다.
• 완비 빠짐없이 완전히 갖춤.

자유의 나라를 강조하고 교육의 중요성을 말한 것도 이 때문이다. 최고의 문화를 건설하는 임무를 완성할 민족은 한마디로 말하면 국민 모두를 성인으로 만드는 데 있다. 대한 사람이라면 가는 데마다 신용을 얻고 대접을 받아야 한다.

우리의 적이 우리를 누르고 있을 때에는 미워하고 분하게 여기는 살벌, 투쟁의 정신을 길렀지만, 적은 이미 물러갔으니 우리는 증오의 투쟁을 버리고 화합의 건설을 일삼을 때다. 집안이 불화하면 망하듯이, 나라 안이 갈려서 싸우면 망한다. 동포간의 증오와 투쟁은 망할 징조이다. 우리의 용모에서는 온화한 기색•이 빛나야 한다. 우리 국토 안에는 언제나 봄바람이 가득하여야 한다. 이것은 우리 국민 각자가 한번 마음을 고쳐먹음으로써 가능하게 되고 그러한 정신을 교육함으로 영원히 이어질 것이다.

최고의 문화로 인류의 모범이 되는 것을 사명으로 삼는 우리 민족의 개개인은 이기적 개인주의자가 되어서는 안 된다. 우리는 개인의 자유를 극도로 주장하되, 그것은 저 짐승들과 같이 저마다 제 배를 채우기에 쓰는 자유가 아니라 제 가족을, 제 이웃을, 제 국민을 잘 살게 하기 위해서 쓰이는 자유다. 공원의 꽃을 꺾는 자유가 아니라, 공원에 꽃을 심는 자유다. 우리는 남의 것을 빼앗거나 남의 덕을 얻으려는 사람이 아니라 가족에게, 이웃에게, 동포에게 주는 것으로 즐거움을 삼는 사람

• 기색 마음의 작용으로 얼굴에 드러나는 빛.

이다. 이것이 우리말에 있는 이른바 선비요, 점잖은 사람이다.

그러므로 우리는 게으르지 아니하고 부지런하다. 사랑하는 처자를 가진 가장은 부지런할 수밖에 없다. 한없이 주기 위함이다. 힘드는 일은 내가 앞서 하니 사랑하는 동포를 아낌이요, 즐거운 것은 남에게 권하니 사랑하는 자를 위하기 때문이다. 우리 조상들이 좋아하던 인자하고 어진 덕이란 바로 이런 것이다.

이러함으로써 우리나라 산에는 삼림이 무성하고, 들에는 오곡백과•가 풍성하며, 촌락과 도시는 깨끗하고 풍성하고 화목하고 평화로울 것이다. 그리하여 우리 동포, 즉 대한 사람은 남자나 여자나 얼굴에는 항상 온화한 기색이 있고, 몸에서는 어진 마음의 향기를 발할 것이다. 이러한 나라는 불행하려 해도 불행할 수 없고, 망하려고 해도 망할 수 없는 것이다. 민족의 행복은 결코 계급 투쟁•에서 오는 것이 아니요, 개인의 행복이 이기심에서 오는 것도 아니다. 계급 투쟁은 끝없는 계급 투쟁을 낳아서 국토에 피가 마를 날이 없고, 내가 이기심으로 남을 해하면 천하가 이기심으로 나를 해할 것이니, 이것은 조금 얻고 많이 빼앗기는 것이다. 일본이 이번 전쟁에 패해 보복당한 것은 국제적·민족적으로도 그러함을 증명하는 가장 좋은 예이다.

• 오곡백과 온갖 곡식과 과실.
• 계급 투쟁 서로 이해관계가 다른 지배 계급과 피지배 계급 사이에 정치적 · 경제적으로 일어나는 투쟁.

지금까지 말한 것은 내가 바라는 새 나라의 모습의 한 부분을 그린 것이지만, 동포 여러분! 이러한 나라가 된다면 얼마나 좋겠는가. 우리 자손을 이러한 나라에 남기고 가면 얼마나 만족하겠는가. 옛날 한나라의 기자•가 우리나라를 사모하여 왔고, 공자께서도 우리 민족이 사는 데 오고 싶다고 하셨으며 우리 민족을 인을 좋아하는 민족이라 하였다. 옛날에도 그러하였지만, 앞으로도 세계 인류가 모두 우리 민족의 문화를 이렇게 사모하도록 하지 아니하려는가.

나는 우리의 힘으로, 특히 교육의 힘으로 반드시 이 일이 이루어질 것이라고 믿는다. 우리나라의 젊은 남녀가 다 이 마음을 가진다면 아니 이루어지고 어찌하랴!

나도 일찍이 황해도에서 교육에 종사하였거니와, 내가 교육에서 바라던 것이 이것이었다. 내 나이 이제 일흔이 넘었으니 직접 국민 교육에 종사할 시일이 많지 않지만, 나는 천하의 교육자와 남녀 학도들이 다시 한번 크게 마음을 고쳐먹기를 빌지 아니할 수 없다.

• 기자 중국 상나라의 왕족이자 기자조선의 시조로 알려져 있는 전설상의 인물.

김구 1876~1949
독립운동가, 정치가. 호는 백범. 3·1운동 후에 중국 상하이로 망명하여 대한민국임시정부 주석이 되어 해방될 때까지 자주적인 독립을 위해 헌신했으며, 해방 이후에는 민족 통일 국가를 세우기 위해 힘쓰다 암살되었다. 지은 책으로 자서전 『백범일지』가 있다.

간송 전형필

이충렬

1

전형필은 상복을 입은 채 대학 4학년을 마치고 1930년 3월 경성으로 돌아왔다. 그가 제일 먼저 해야 할 일은 친아버지와 양아버지가 남긴 논밭을 돌아보는 것이었다. 왕십리·답십리·청량리·송파·창동 등 인근에서부터, 경기도 고양군·양주군·광주군, 황해도 연안·연백, 충청도 공주·서산까지 둘러보면서, 전형필은 자신이 물려받은 재산이 얼마나 엄청난지 실감했다.

전형필이 소유한 논은 800만 평이 넘었고 여기에서 한 해 4만 가마니의 쌀이 나왔다. 전형필의 부친은 다른 지주들에 비해 소작인들에게 비교적 후하게 분배했기 때문에 이 중 쌀 2만 가마니를 거둬들였다. 그때 쌀 한 가마니가 16원 정도였으니, 세금과 인건비• 등을 제한 순수입이 15만 원 정도 되었다. 이는 당시 기와집 150채 값이었고, 현재 화폐 가치로 450억 원에 달한다. 소유한 논의 가치를 계산하면 더욱 엄청나다. 당시 논 800만 평이면 기와집 2천 채 값, 지금으로 보면 6천억 원인 셈이다.

스물다섯 살의 청년 전형필은 황해도, 경기도, 충청도에 있는 드넓은 논을 둘러보며, 이 큰 재산을 어떻게 관리해야 할지 생각했다. 조상 대대로 이루어 놓은 이 많은 재산을 어떻게 지키면서 활용하는 것이 가장 좋을지, 고민이 깊었다. 게다가 일제 강점의 세상이 얼마나 오래갈지 알 수 없었지만, 재산이 많을수록 총독부의 간섭에서 자유로울 수 없는 것은 불문가지• 였다.

전형필은 선조들이 남긴 귀중한 서화• 전적•을 왜놈들로부터 지켜 달라는 스승 고희동의 당부가 떠올랐다. 서화를 모으는 일은 재물도 있어야 하고, 안목도 있어야 하고, 무엇보다 오랜 인내와 지극한 정성이 있어야 한다던 오세창의 훈계도 떠올랐다. 민족과 함께할 수 있는 일을 찾으라던 외종형 월탄의 조언도 떠올랐다.

'서화와 골동품에 문외한•인 내가 그런 일을 할 수 있을까? 그것이 진정 돈을 헛되게 쓰지 않는 유일한 길인가? 그렇지는

• 인건비 사람을 부리는 데에 드는 비용.
• 불문가지 묻지 아니하여도 알 수 있음.
• 서화 글씨와 그림을 아울러 이르는 말.
• 전적 책.
• 문외한 어떤 일에 전문적인 지식이 없는 사람.

않다. 아버님은 인재를 양성하는 교육 사업에 뜻이 있으셨지 않은가. 그래서 운영난에 처한 가회동의 반도 여학교를 인수하려고 하셨지. 매달 재정 지원을 하면서 학교 인수를 준비하다가 갑자기 돌아가셔서 그 뜻을 이루지 못하셨지만, 훗날 교육 사업을 통해 나라의 힘을 길러야 한다고 유언하셨는네…….'

전형필은 끊임없이 묻고 대답하기를 반복했다.

'그러나 반도 여학교는 이미 문을 닫지 않았는가. 게다가 교육 사업을 하기에는 지금 내 연륜이 짧으니, 훗날 도모하기로 하고……. 고희동 선생님과 오세창 어르신이 서화 전적을 지키라고 말씀하신 것은, 그 길이 우리 민족의 앞날에 보탬이 된다는 확신이 있으셨기 때문이 아닐까? 그렇다면…….'

그렇게 보름쯤 지났을까, 전형필은 오세창을 찾아갔다.

"지난해에 부친상을 당했다는 소식을 들었네. 약관•의 나이에 그런 큰일을 당했으니 얼마나 애통한가."

오세창이 안타까운 표정으로 전형필을 위로했다.

"너무나 급작스레 당한 일이라 황망하고• 비통하기 짝이 없었지만, 이제는 많이 안정되었습니다."

전형필의 목소리는 담담했다.

"그렇다고 슬픔이 어디 쉬이 가시겠는가. 나도 열여섯 어린

• 약관 스무 살을 달리 이르는 말. 젊은 나이.
• 황망하다 마음이 몹시 급하여 당황하고 허둥지둥하는 면이 있다.

나이에 선친• 을 여의어 그 비통한 마음을 이해하네."

"고맙습니다, 어르신."

오세창은 전형필을 지그시 바라보다 물었다.

"이제 대학도 졸업했으니 변호사 시험을 볼 생각인가?"

"아닙니다, 어르신. 변호사는 선친의 기대를 저버릴 수 없어 생각했던 것이고, 이제는 집안의 일을 해야 할 상황입니다."

"그렇겠구먼. 자네 집이 제법 큰 미곡상• 을 하고 있다니 신경 쓸 일이 많겠지. 규모가 어느 정도인지는 모르지만, 옛말에 천석꾼에게는 천 가지 걱정이 있고, 만석꾼에게는 만 가지 걱정이 있다고 했으니, 자네가 지혜롭게 처신해야 할 걸세."

오세창의 표정이 복잡했다. 세파• 에 시달려 본 경험이 없는 저 맑은 청년이 어떻게 그 큰 재산을 꾸려 갈 것인가.

"그래서 오늘은 어르신께 제 장래에 대해 상의드리려고 찾아뵈었습니다. 재작년 여름에 말씀드렸던 것처럼, 이제부터 우리나라의 옛 책과 서화가 이리저리 흩어지지 않도록 모아 보고 싶습니다. 고희동 선생님과 어르신께서 길을 인도해 주신다면, 조선 땅에 꼭 남아야 할 서화 전적과 골동품을 지키는 데 적은 힘이나마 보태겠습니다."

오세창이 고개를 끄덕이며 말했다.

"쉽지 않은 큰 결심을 했구먼. 그런데 서화 전적을 지키려는

• 선친 남에게 돌아가신 자기 아버지를 이르는 말.
• 미곡상 쌀을 비롯한 갖가지 곡식을 사고파는 가게.
• 세파 모질고 거센 세상의 어려움.

이유가 무엇인가?"

전형필은 잠시 혼란스러웠다. 지극히 당연한 걸 묻는 의도가 무엇일까?

"오래전 제 외숙께서, 세상의 유혹에 꿋꿋하려면 옛 선비와 같은 격조•와 정신을 갖춰야 한다는 가르침을 주셨습니다. 고희동 선생님께서는 선조들이 남긴 귀중한 서화 전적을 왜놈들에게서 지키는 선비가 되라고 말씀하셨고요. 제 외종 형님도 민족의 앞날에 보탬이 되는 일을 찾으라고 하셨지요. 그러나 그때는 어르신께서 말씀하셨듯이 경제권이 없었습니다. 그런데 이번에 아버님이 남기신 논밭을 둘러보면서 결심했습니다. 왜놈들이 우리 서화 전적을 계속 일본으로 가지고 가는데, 그걸 이 땅에 남기고 싶습니다."

"내가 자꾸 묻는 건, 뜨거운 가슴과 재력이 있으니 우리 서화 전적을 한번 본격적으로 모아 보겠다는 자네의 생각이 틀려서가 아니네. 그런 결심을 하기가 쉽지 않다는 것 잘 아네. 그러나 나는 자네가 우리 서화 전적과 골동품의 가치를 어떻게 생각하고 지키겠다는 건지 알고 싶네."

전형필은 고개를 숙였다. 솔직히 이제까지 서화 전적이 왜 중요한지 구체적으로 생각해 본 적이 없었다. 그러나 한 가지는 확실했다.

"서화 전적과 골동품은 조선의 자존심이기 때문입니다."

• 격조 사람의 품격과 취향.

오세창은 잠시 전형필을 뚫어지게 바라보더니 마침내 호탕한 웃음을 터뜨렸다.

"조선 땅에 서화 전적과 골동품을 모으는 사람은 많다네. 자네처럼 이렇게 찾아와서 가르침을 청하는 수집가도 제법 있지. 그러나 뜻을 갖고 모으는 사람은 거의 보지 못했네. 대부분 재산이 많거나 돈이 좀 생기자, 고상한 취미로 내세우기 위해 모으는 사람들이라고 해도 과언이 아니지. 그들은 수집벽• 이 식거나 체면을 충분히 세웠다 싶으면 더 이상 모으지 않는다네. 그러나 자네는 조선의 자존심이기에 지키겠다고 하니, 그 뜻이 가상하군. 내가 듣고 싶은 대답이 바로 그것이었네. 하하하."

전형필은 묵묵히 오세창의 다음 말을 기다렸다.

"옛 책과 서화를 수집하는 일은 말처럼 쉽지 않지만, 내 자네를 한번 믿어 봄세."

2

신보가 천학 매병의 사진을 가지고 전형필을 만난 건, 성북동의 박물관 공사가 한창이던 1935년 봄이었다.

"간송, 보물 중의 보물이 나타났습니다."

• 수집벽 취미나 연구를 위하여 여러 가지 물건이나 재료를 찾아 모으기를 대단히 즐기는 버릇.

신보는 사진을 전형필에게 건넸다. 흑백 사진이었지만 매병의 완만한 곡선과 구름 사이로 날아가는 수십 마리 학의 모습은 또렷했다.

"그렇게 아름다운 옥색은 처음 봤습니다. 마에다 상은 수천 마리의 학이 구름을 헤치고 하늘로 날아가는 것 같다면서 천학 매병이라고 이름 붙였더군요. 제가 본 고려청자 가운데 가장 훌륭합니다."

"총독부에서 만 원을 주겠다고 한 청자가 바로 이겁니까?"

전형필도 소문을 들었던 것이다.

"그렇습니다. 마에다 상이 비록 일본인이라고 해도 총독부의 제안을 거절하기가 쉽지 않았을 텐데, 평생 처음이자 마지막으로 잡은 명품으로 생각하고 계속 사진을 뿌리는 겁니다."

"그렇다면 곧 일본 골동품계에도 이 사진이 퍼지겠군요."

"마에다 상의 장인인 아마이케 상도 사진을 여러 장 가져갔다고 하니, 생각이 있으시다면 서둘러야 합니다."

"호가•가 얼맙니까?"

"마에다 상은 2만 원을 부르고 있지만, 이제까지 없던 가격이니 어느 정도 흥정이 가능할 것도 같습니다."

전형필은 다시 한번 사진을 보았다. 사진만으로도 명품임에 틀림없었다.

"알겠습니다. 신보 선생. 내일이라도 볼 수 있게 주선을 해

• 호가 팔거나 사려는 물건의 값을 부름.

주시오."

전형필의 목소리는 조용했지만 단호했다.

구름 사이로 학이 날아올랐다. 한 마리가 아니라 열 마리, 스무 마리, 백 마리……. 구름을 뚫고 옥빛 하늘을 향해 힘차게 날갯짓을 한다. 불교의 나라 고려가 꿈꾸던 하늘은 이렇게도 청초한 옥색이었단 말인가? 이 색이 그토록 그리워하던 영원의 색이고 무아• 의 색이란 말인가. 세속의 번뇌• 와 망상이 모두 사라진 서방 정토• 란 이렇게도 평화로운 곳인가.

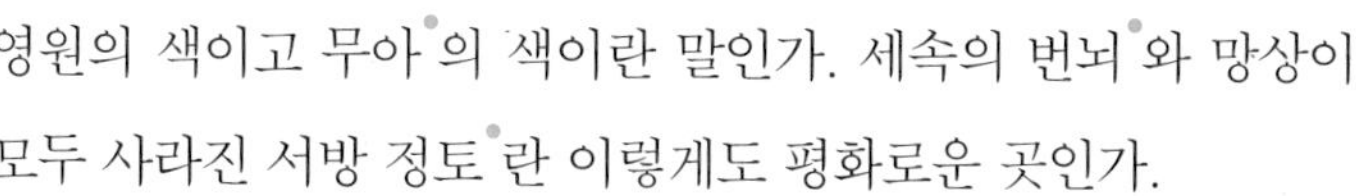

전형필은 구름과 학으로 가득한 청자를 잡고 한 바퀴 빙그르 돌려 보았다. 그러고는 고개를 끄덕이며 신보를 바라보았다. 흥정을 시작해 보라는 표시였다.

"마에다 상, 가격을 말씀해 보시지요."

신보가 자세를 바로잡으며 흥정할 태세를 갖추었다.

"신보 상, 이미 말씀드렸듯이 2만 원이오."

"2만 원이면 기와집 스무 채 값인데 이제까지 2만 원에 거래된 청자 매병은 없습니다. 그건 마에다 상도 잘 아시지 않습니까. 총독부에서 제시했던 만 원에 5천 원을 더 드리겠습니다.

• 무아 자기의 존재를 잊음.
• 번뇌 마음이나 몸을 괴롭히는 노여움이나 욕망 따위의 망념.
• 서방 정토 서방 극락. 서쪽으로 십만 억의 국토를 지나면 있는 아미타불의 세계.

이 정도 가격이면 지금까지 거래된 청자 매병 중에서 최고가입니다."

"신보 상, 이만한 명품이 또 나올 거라고 생각하시오? 이 매병은 평생에 한 번도 만나기 힘든 명품 중의 명품이오."

마에다는 빙그레 웃으며 신보를 바라보았다. 어쩌면 그 웃음은 조신인에게 이만한 값을 치를 배짱이 있겠느냐는 비웃음인지도 몰랐다.

"에헴!"

전형필이 헛기침을 했다. 마에다도 신보도 전형필 쪽으로 시선을 돌렸다. 전형필이 살짝 미소를 띠며 말했다.

"마에다 선생, 이렇게 귀한 청자를 수장할• 기회를 주셔서 고맙습니다. 내가 인수하겠소."

전형필은 서화 골동이 눈앞에 나타났을 때, 자신의 취향보다는 그것이 이 땅에 꼭 남아야 할지 아니면 포기해도 좋을지를 먼저 생각했다. 그래서 깊이 생각하지만 오래 생각하지는 않았고, 그랬기 때문에 보존할 가치가 있는 문화유산이 나타났을 때 놓친 적이 거의 없었다. 천학 매병도 마찬가지였다.

전형필은 눈이 휘둥그레진 마에다와 신보에게 살짝 고개를 숙여 보이고는 안채로 들어갔다.

잠시 후, 전형필이 커다란 가죽 가방을 마에다 앞에 내려놓았다.

• 수장하다 거두어서 깊이 간직하다.

"마에다 선생, 2만 원이오."

마에다와 신보는 다시 한번 놀란 표정으로 전형필을 바라보았다. 이제 막 서른을 넘겼을까 싶은 청년이 2만 원에서 한 푼도 깎지 않고 곧바로 현금 가방을 들고 나왔다는 사실이 도무지 믿기지 않았다.

전형필로서도 이렇게 큰돈을 하룻저녁에 준비하기란 쉽지 않았다. 박물관을 짓는 데 들어가는 공사비와 자재 구입비가 상당했고, 얼마 전 일괄•로 서화를 구입하는 데 큰돈이 들어갔기 때문이다. 그러나 전형필은 전날 천학 매병의 사진을 봤을 때, 이미 다시 만나기 어려운 명품 청자라고 판단하고 마음을 굳혔다. 그래서 미리 박물관 공사 대금까지 모아 현금 가방을 준비해 두었던 것이다.

물론 마에다와 신보의 흥정을 좀 더 지켜볼 수도 있었다. 하지만 그랬다가 마에다가 더 이상 흥정을 하지 않겠다며 천학 매병을 다시 오동나무 상자에 담기라도 한다면 그때는 자존심을 버리고 마에다에게 사정을 해야 했다. 잘못했다가는 천학 매병을 포기해야만 할 수도 있었다.

"신보 선생도 수고 많았소. 내가 저녁 자리를 준비하고 연락하리다."

당시 이렇게 거래가 성사되면 중간에 다리를 놓은 거간•은

• 일괄 개별적인 여러 가지 것을 한데 묶음.
• 거간 사고파는 사람 사이에 들어 흥정을 붙이는 일을 하는 사람.

양쪽으로부터 2퍼센트 정도의 구전•을 받는 것이 일반적이었다. 그러나 전형필은 마에다 앞에서 신보에게 구전을 건네는 것은 모양새가 좋지 않다고 생각해 이렇게 말한 것이다.

신보는 천학 매병을 오동나무 상자에 넣는 전형필을 보면서 전율을 느꼈다. 참으로 무서운 승부사다. 이렇게 큰 거래를 이도록 전광석화•처럼 끝내는 경우는 듣도 보도 못했다. 천학 매병이 정말 그 정도의 가치가 있는 것일까? 혹 전형필의 허세는 아닌가?

전형필은 눈썹 하나 까딱하지 않고 보자기에 오동나무 상자를 차분히 갈무리했다. 그의 표정은 어찌 보면 희열에 찬 것 같기도 했다.

• 구전 구문. 흥정을 붙여 주고 그 보수로 받는 돈.
• 전광석화 번갯불이나 부싯돌의 불이 번쩍거리는 것과 같이 매우 짧은 시간이나 매우 재빠른 움직임 따위를 비유적으로 이르는 말.

이충렬 1954~

소설가. 1994년 『실천문학』을 통해 등단했다. 한 사람의 일생을 기록한 전기를 주로 집필했다. 지은 책으로 『간송 전형필』 『혜곡 최순우, 한국미의 순례자』 『아, 김수환 추기경』 『상속받은 나라에 가다』 등이 있다.

힘들 때 힘을 빼면 힘이 생긴다

김하나

야구 좋아하시는 분들 계세요? 손 한번 들어 볼까요? 오, 되게 많이 계시네요. 저도 야구 중계를 곧잘 보는 편인데요. 재작년쯤이었던 것 같아요. 야구 중계를 우연히 보고 있는데, 두산베어스 경기였어요. 그 당시에 투수는 이현승 선수였고요, 포수는 양의지 선수였어요. 두산이 위기 상황이 됐어요. 근데 그때 양의지 포수가 타임을 요청하더니, 이현승 투수한테로 다가갔어요. 보통 그럴 때 작전 얘기도 하고 이런저런 의견을 교환하고 그러잖아요. 근데 양의지 선수가 뭐라고 얘기를 하니까 이현승 투수가 글러브로 이렇게 약간 쥐어박는 모션을 하더니 피식 웃고는 서로 각자의 자리로 돌아갔어요. 그리고 경기는 진행됐죠. 그 당시에 스포츠 캐스터가 "아, 방금 양의

• 이 글은 CBS 강연 프로그램 〈세상을 바꾸는 시간, 15분〉(825회, 2017년 10월 24일자 방송)에서 한 강연문이다. 교과서(미래엔)에는 강연의 일부만 수록되어 있다.

지 포수가 뭐라고 한 걸까요?"라고 얘기했지만, 중계를 보는 우리는 알 수가 없었죠. 두산은 위기 상황을 잘 넘겼어요. 이현승 투수가 공을 잘 던졌던 거겠죠. 이현승 선수가 승리 투수가 됐고요. 끝나고 나서 어떤 기자가 이현승 선수를 인터뷰하면서 물어봤어요. 아까 8회에 양의지 포수가 다가와서 뭐라고 하던가요? 그랬더니 이현승 투수가 뭐라고 대답했느냐면, 여러분 여기 보시면 이 까만 거 있죠? 이걸 언더셔츠•라고 하는데 이 옷을 이현승 투수가 두 겹을 입고 있었대요. 양의지 포수가 그 절체절명•의 위기 순간에 다가와서 했다는 말이 "형, 이거 두 개 껴입었어? 추워? 나이 들었네." 이랬다는 거예요. 그러니까 이현승 선수는 '이게 무슨 실없는 소리야.' 싶으니까 "야, 들어가." 이렇게 돼서 그렇게 헤어진 거죠. 양의지 포수가 하려고 했던 말이 뭐였을까요? "형, 긴장 풀어. 힘 빼." 이 얘기를 하고 싶었던 거죠.

보통의 사람들이면 이럴 때 투수에게 다가가서 뭐라고 할까요? "형, 지금 너무 중요한 순간이야. 모두가 형만 쳐다보고 있어. 이번 공이 얼마나 중요한지 알지? 잘 던져야 돼. 힘내!" 라고 얘기를 하죠. 그러면 어떻게 될까요? 더 긴장하게 되겠죠. 어깨에 힘이 빡 들어가고, 그러면 공을 제대로 던지기가 더 힘들어질 거예요. 양의지 포수는 그 절체절명의 위기 순간

• 언더셔츠 속셔츠. 맨 속에 입는 셔츠.
• 절체절명 몸도 목숨도 다 되었다는 뜻으로, 어찌할 수 없는 절박한 경우를 비유적으로 이르는 말.

에 이현승 투수가 힘을 뺄 수 있도록 도와준 거죠.

저는 오늘 여러분께 힘을 뺄 수 있는 주문 한마디를 알려 드리려고 이 자리에 나왔습니다. 이 얘기를 하려면 우선 저희 집안 얘기부터 먼저 해야 될 것 같은데요. 제가 중학생 때였던 것 같아요. 학교에서 가훈을 적어 오라는 숙제를 내 줬어요. 집에 가서 "우리 집 가훈이 뭐예요?"라고 물어봤어요. 참고로 저희 집은 부산인데, 저희 아버지가 "가훈? 화목. 화목이라고 적어 가라."라고 하셨어요. 그래서 저는 '화목? 집안의 화목을 가장 자주 깨뜨리는 주범인 아버지가 할 말은 아닌데?'라고 생각하면서도 그렇게 적어 냈어요. 그거는 대충 되는 대로 적어서 냈던 가훈이었고요, 실질적인 우리 집의 가훈이 무엇인지를 저는 세월이 한참 흘러서야 불현듯 깨닫게 됐습니다. 그것은 저희 가족이 너무 자주, 오랫동안 써서 저희 가족의 무의식에 깊숙이 자리 잡게 된 하나의 단어였는데요, 그것은 바로 '만다꼬'라는 말이었어요. 경상도 출신인 분들은 이 말을 잘 아실 텐데요. '만다꼬'는 '뭐 하러' '뭐 한다고' '뭘 하려고' 등에 해당하는 말로서 영어로 'What for?' 이렇게 번역될 수 있는 말입니다. 의문사이기 때문에 항상 뒤에는 물음표가 뒤따르고요, 용례를 살펴보자면 다음과 같습니다.

"만다꼬 그래 쌔 빠지게 해 쌓노?"
"뭐 하러 그렇게 열심히 하는 거니?"

"만다꼬 그 돈 주고 샀노?"
"뭐 하러 그만한 돈을 들여 샀어?"

대답으로 쓰일 때도 있어요.

"난 꼭 그 자리에 오르고 말 거야."
"만다꼬?"

"우리 회사를 세계 1위 회사로 만듭시다!"
"만다꼬?"

살짝 핀잔주는 뉘앙스로 말하는 이 '만다꼬'라는 말을 사실 저는 어렸을 때는 그렇게 좋아하지 않았어요. 제가 아는 경상도 출신의 선배 하나는 애가 "저 장난감 사 주세요!"라고 했더니 뭐라고 대답했느냐면, "만다꼬? 마 흙 갖고 놀아라." 이렇게 얘기했대요. 21세기에 애한테 흙을 갖고 놀라고 얘기를 했다는 거예요. 그 애는 이 '만다꼬'라는 말이 얼마나 싫었을까요. 확실히 심지가 굳기 전의 어린아이에게 이 '만다꼬'라는 말은 허무주의와 무기력으로 이끄는 그런 주문이 될 위험이 있어요.

하지만 세가 세월이 흘러서 좀 자라고, 나 뒤에 어른이 돼서 생각해 보니까 이 '만다꼬'라는 말은 아주 중요한 질문이었어요. 사는 게 힘에 부칠 때나 또는 선택의 기로에 놓였을 때 제

안에 내재돼 있는 이 '만다꼬'라고 하는 말을 되새기면서 저는 그 질문에 대한 답을 찾을 수가 있었어요. 만다꼬 이것을 해야 되지? 만다꼬 이렇게 살고 있지? 내가 정말로 이것을 원하나? 아니면 다른 사람들이 다 그렇게 사니까 나도 그렇게 살아야 된다고 떠밀려서 생각을 하는 건가?

저는 '만다꼬'라는 질문을 하면서 제가 불필요하게 힘을 들이고 있던 곳에서 힘을 거두어들일 수도 있었어요. 이를테면 제가 〈세상을 바꾸는 시간, 15분〉에 출연하게 됐다고 생각을 하니까 걱정이 되는 거예요. '아, 이거 잘해야 될 텐데. 실수하면 어떡하지.' 그런 생각이 들었어요. 그러다가 문득, 스스로에게 질문을 해 봤어요. 만다꼬? 만다꼬 내가 긴장을 하지? 만다꼬 내가 〈세바시〉에 나오면 더 잘해야 된다고 생각하지? 왜냐하면 나는 평소에 잘하는데. 저는 수많은 사람들 앞에서 한 시간씩 두 시간씩 강연을 해 본 적도 있기 때문에 15분 정도의 강연은 사실 부담이 덜하거든요. 근데 만다꼬 내가 긴장을 하는가,라고 곰곰이 생각을 해 봤더니 저것 때문이었어요. 카메라. 저 뒤에도 있네요. 카메라. 자, 이 강연이 다른 강연과 다른 점은 녹화가 되고 있다는 거죠. '저 카메라를 통해서 수많은 사람들이 나를 보게 될 수도 있어,'라고 생각하니까 긴장이 되는 거였어요. 하지만 곰곰 생각해 보면 긴장할 이유가 없죠. 왜냐면 저는 오늘 여기 모인 여러분께만 제 이야기를 잘 전달해 드리려고 노력을 하면 분위기가 좋을 테고, 그러면 자연스러운 모습이 카메라에 녹화될 테니까 저는 결국 카메라를 의

식할 필요 없이 힘을 빼고 평소에 하던 대로만 하면 되는 거였어요.

이 카메라라고 하는 것이 말이죠, 평소에 잘 웃던 사람도 카메라를 정색하고 들이대면 표정이 굳죠. 결혼식 같은 데서도 "자, 신랑 신부 하객 올라오세요! 카메라, 여기 보세요. 자, 밀착하시고 45도 어깨 하시고, 자, 웃으세요! 하나, 둘." 이러면서 찍으면 결과가 어떻게 되죠? (부자연스러운 미소를 지으며) 이렇게 되잖아요, 입꼬리에 경련이 일어나고. 그게 다 힘이 들어가서 그런 거거든요. 오래갈 사진에 내 얼굴이 잘 나와야 된다, 라고 생각하는 것도 있고.

그런데 우리나라 사람들은 이 카메라를 굉장히 의식하며 살아가는 경향이 있어요. 바로 '남의 눈'이라고 하는 카메라입니다. 좁은 땅덩어리에 사람이 너무 많이 살아서 그런지는 모르겠지만 남들이 나를 어떻게 생각할까, 남의 눈에 내가 어떻게 보일까, 뒤처지게 보이지는 않을까, 이런 식의 신경을 굉장히 많이 쓰고 살아가는 문화권이에요, 우리나라는.

제가 이런 얘기를 들었습니다. 어떤 회사의 사택에 사는 사람의 이야기였는데요, 회사에서 보너스가 나오면 그 사택 앞에 놓여 있는 차가 착착착 바뀐대요. 소형에서 중형으로, 중형 몰던 사람은 대형으로, 이렇게. 어느 한 사람이 차를 바꾸면 그 회사를 같이 다니고 있는 직급이 비슷한 사람이 봤을 때 '음? 재가 지금 중형차로 바꿨어? 어, 내가 중형차를 몰 때가 됐나? 내가 같은 직급인데 저 녀석보다 뒤떨어지게 보이면 안 되겠다. 뒤처지게 보이면 안 되겠다. 그럼 나도 차를 바꿔야지.' 이런 식의 연쇄 반응이 일어난다는 거죠. 그런데 차를 바꿔야 되겠다는 욕망이 꼭 본인 스스로만의 것은 아닌 것 같죠. 남의 눈이라는 카메라를 의식한 욕망일 수 있어요. 그럴 경우에 '만다꼬'라고 질문해 봐야 됩니다. 만다꼬 내가 차를 바꿔야겠다고 생각을 하지? 지금 차도 멀쩡히 잘 쓰고 있는데. 아, 차를 바꿀 게 아니라 내가 오래전부터 하고 싶었던 뭔가를 해 봐야겠다. 이렇게 생각할 수도 있는 거고.

내가 완전히 반하지는 않은 사람과 지금 만나고 있을 때, 주변에 있는 사람들이 "결혼 안 해? 국수는 언제 먹여 줄 거야?"라고 얘기를 해서 압박감을 느낄 때도 '만다꼬?' 물어야 합니다. 저 사람들이 나 대신 결혼 생활 해 줄 건가. 아니잖아요. 내가 이 사람이 너무 좋아서 자연스럽게 결혼을 해야겠다가 아니라 결혼을 해야 할 때여서 옆에 이 사람이 있으니까 결혼하는 거는 아무래도 아닌 것 같아,라고 판단을 내릴 수가 있겠죠.

애한테도 "야, 들어가서 공부해!" 이렇게 잔소리를 하다가도 스스로 만다꼬,라고 물어볼 수 있겠죠. 이게 정말 저 애를 위한 걸까? 저렇게 공부에 취미가 없는 애를 공부하라며 압박하는 것은 혹시 내 자식이 성적이 잘 안 나오면 내가 남들 눈에 창피하기 때문에 그렇게 생각하고 있는 건 아닐까,라고 자기 스스로 성찰을 해 볼 수도 있겠죠.

저는 카피라이터 출신이기 때문에 사람들에게 스스로의 욕망이 아닌 욕망을 주입하는 기술을 갖고 있어요. 이런 차를 몰아라. 이런 코트를 입어라. 이런 집에서 살아라. 사람들이 어떤 것을 굉장히 강렬하게 원하게 될 때는 그게 스스로만의 욕망이 아닐 수가 있어요. 저는 그런 기술을 갖고 있기 때문에 여러분께 이 '만다꼬'를 되새겨 보기를 권합니다. 뭔가를 굉장히 갖고 싶어질 때 '만다꼬'라고 스스로에게 질문을 해 보면, 이게 정말로 내가 그것을 원하는 건지 아니면 어떤 기술에 휘둘려서 잠시 그렇다고 착각하는 건지 생각할 시간을 벌 수도 있죠.

이 친구(186면 사진)는 제가 같이 사는 친군데요, 마라톤을 해요. 이 친구의 말에 따르면 마라톤의 백미는 힘들게 뛰고 나서 시원하게 마시는 맥주에 있다고 합니다. 사람들은 인생을 마라톤에 비유하기를 좋아하죠. "인생 마라톤이야. 너 지금 보면 뒤처진 것 같아도 길게 보면 언젠가는 역전할 수 있으니까 쉬지 말고 뛰어야 돼." 이렇게들 얘기를 하죠. 그렇기 때문에 힘이 너무 빠져 있고 기진맥진해 있는 사람에게도 사람들은 뭐라고 응원하죠? "힘내! 할 수 있어, 힘내!"라고만 응원하죠. 하지만 양의지 선수가 이현승 선수한테 했던 것처럼 그 사람이 잘 살게 도와주고 싶을 때는 힘을 빼도록 도와주는 게 더 나을 때도 있어요. 인생을 마라톤에 비유하는 사람들은 죽을 때까지 쉼 없이 달리고 또 달리라고 얘기를 합니다. 저는 그런 분들에게 물어보고 싶어요. 그럼, 맥주는 어디 있나요?

저는 최선을 다해서 인생을 살라,라는 말에 반대하지 않습니다. 저 또한 최선을 다해서 살고 있어요. 근데 그 최선은 달리고 또 달리고 쉴 새 없이 달리는 게 아니에요. 저의 최선은, 최선을 다해서 쫓기는 마음 없이 쉴 때도 있고요, 최선을 다해서 게으름을 부리면서 힘을 비축할 때도 있고요, 최선을 다해서 남의 것이 아닌 내 인생을 살려고 질문을 던질 때도 있고요, 물론 최선을 다해서 달릴 때도 있지만 최선을 다해서 맥주를 마실 때도 있습니다.

제가 생각하는 인생의 성공은요, 남들이 생각하는 성공이 아니라 제가 생각하는 인생의 성공이라는 것은 인생을 선물로 받아들일 수 있고 인생에 대해서 고마움을 잃지 않을 정도의 조율을 해 나가는 데 있다고 생각해요. 여러분이 정말로 원하지 않는 것에서는 힘을 뺄 수 있어야 정말로 힘을 줘야 될 때 힘을 줄 수가 있습니다. 힘을 줄 때 주고, 뺄 때 빼고. 그래야 리듬이 생겨나죠. 음악에서도 강박 강박만 있으면 리듬이 생겨나지 않죠. 강박이 있으면 약박이 있고, 음표가 있으면 쉼표가 있고. 그래야 리듬이 생겨나고 그걸로 아름다운 음악을 만들 수가 있어요.

저는 오늘 여러분께 여러분 각자의 음악을 만들어 갈 때 꼭 필요한 쉼표의 주문을 말씀드리고 싶었습니다. 여러분이 힘을 빼고 싶을 때, 기억해야 될 세 글자 단어가 뭐라고요? '만다꼬' 를 기억하십시오. 고맙습니다.

김하나 1976~
카피라이터. 연세대학교 국문학과를 졸업했다. 지은 책으로 『힘 빼기의 기술』 『내가 정말 좋아하는 농담』 『15도』 『당신과 나의 아이디어』 『여자 둘이 살고 있습니다』(공저) 등이 있다.

실패가 준 뜻밖의 혜택 그리고 상상력의 중요성

조앤 K. 롤링

파우스트 총장님, 하버드 관계자, 감독위원회, 교수진, 학부모, 그 누구보다도 졸업생 여러분, 우선 감사하다는 말씀을 드리고 싶습니다. 하버드대학교 졸업식 축사는 저에게 크나큰 영광일 뿐 아니라, 지난 몇 주간 축사에 대한 두려움과 울렁거림으로 인해 체중이 줄어드는 효과도 가져왔습니다. 일석이조인 것이지요! (중략)

사실 저는 오늘 무슨 이야기를 해야 할지 고민이 많았습니다. 제가 대학을 졸업하던 당시 무엇을 알고 싶었는지, 졸업 후 지금까지 21년 동안 깨달은 소중한 교훈은 무엇인지 자문해 보았어요.

• 이 글은 2008년 6월 8일 하버드대학교 졸업식 축사이다. 교과서(비상)에는 '세상을 바꾸는 실패와 상상력'이라는 제목으로 축약본이 실려 있다.

그리고 두 가지 답을 얻었습니다. 여러분의 학문적 성취를 기념하기 위해 모인 오늘처럼 기쁜 날, 저는 실패가 가져다준 혜택에 관해 이야기하기로 했습니다. 그리고 '현실'의 문턱에 선 여러분에게 저는 상상력이 얼마나 중요한지 강조하고 싶습니다.

비현실적이거나 모순적인 이야기로 들릴 수 있겠지만, 끝까지 들어 주시기 바라요.

마흔두 살이 된 지금, 대학을 졸업한 스물한 살의 저를 돌이켜 보는 것이 그리 편하지는 않습니다. 21년 전, 저는 제가 품고 있던 야망과 가족들이 저에게 기대했던 것 사이에서 갈등하고 있었지요.

제가 원하는 것은 오로지 소설을 쓰는 것뿐이라고 확신했습니다. 하지만 가난한 환경에서 태어나 대학 근처에도 가 보지 못했던 부모님께서는 저의 지나친 상상력을 재미있고 별난 성격 정도로 여기셨을 뿐, 대출금을 갚고 연금을 모으는 데에는 아무런 도움이 되지 않는다고 생각하셨어요. 이제 저는 이러한 역설이 저를 담금질한다는 것을 압니다.

부모님은 제가 직업 학교에 가기를 바라셨지만, 저는 영문학을 공부하고 싶었습니다. 결국 아무도 만족시키지 못한 절충안을 찾았는데, 그건 바로 현대언어학 전공이었습니다. 하지만 학교에 저를 데려다준 부모님이 자리를 뜨시자마자 저는 독일어를 버리고 허둥지둥 고전학의 세계로 달려갔지요.

부모님께 고전학을 공부한다고 말씀드린 기억은 없습니다.

아마 제 졸업식 날 처음 아셨을 거예요. 부모님은 사회적으로 중요한 인물이 되는 데 있어 그리스 신화보다 더 쓸모없는 전공은 없을 거라고 생각하셨을 겁니다.

덧붙이자면, 저는 그런 생각을 가진 부모님을 원망하지 않는다는 점을 분명히 밝혀 두고 싶어요. 스스로 결정하고 책임을 지기에 충분한 나이가 되면, 부모님 탓에 내 인생이 잘못된 방향으로 흘러갔다며 원망하는 태도는 버려야 합니다. 더욱이 제가 가난하지 않기를 바라셨을 뿐인 저희 부모님을 비난할 수 없습니다. 부모님은 가난을 겪어 오셨고 저 역시 가난을 잘 알기에 가난이 고상함과는 거리가 멀다는 것에는 전적으로 동의합니다. 가난은 두려움과 스트레스, 때로는 우울증을 동반합니다. 굴욕과 고난을 의미하지요. 스스로 노력해 가난에서 빠져나오는 것은 자기 자신을 자랑스러워할 만한 일이지만, 가난 자체를 낭만적으로 여기는 것은 어리석습니다.

제가 여러분 나이에 가장 두려워했던 것은 가난이 아니라 실패였어요.

여러분 또래일 때 저는 강의에 출석은 거의 하지 않고 카페에서 소설을 쓰는 데 몰두하면서 공부를 등한시했지만, 시험을 통과하는 요령이 있었고 저와 제 친구들은 이걸 성공의 척도로 생각했어요.

여러분이 젊고, 재능 있고, 잘 교육받은 사람들이니 고난이나 역경을 모를 거라 생각할 만큼 제가 아둔하지는 않습니다. 재능과 지적 능력이 뛰어난 사람이라도 운명의 여신으로부터 자유롭지 않지요. 저는 이 자리에 있는 여러분이 순탄하고 자족적이기만 한 삶을 살아왔으리라 생각하지 않아요.

하지만 여러분이 하버드대학교 졸업생이라는 사실에서 실패에 능숙하지 않으리라 짐작할 수 있습니다. 성공을 향한 욕망 못지않게 실패에 대한 두려움이 여러분을 앞으로 나아가도록 이끌어 줄 것입니다. 사실 여러분은 이미 크게 성공했기 때문에 여러분이 실패라 여기는 것을 보통 사람들은 성공이라 생각할지도 모릅니다.

무엇이 실패인지는 궁극적으로 우리 스스로 결정해야 합니다. 그렇지 않으면 세상은 성공과 실패의 기준을 좌지우지하려 들지요. 대학 졸업 후 7년이 지난 뒤, 제 인생은 어떤 기준으로 보아도 처참하게 실패한 상태였습니다. 결혼 생활은 금세 끝이 났고, 저는 직업이 없는 한 부모 가장이 되었으며, 현대 영국 사회에서 노숙자만큼이나 가난한 상태였습니다. 부모님이 그토록 걱정하셨던 것, 제가 그토록 두려워했던 것이 현실이 되었고, 통상적인 기준에 비추어 볼 때 제 인생은 그 누구보다도 실패한 것이었지요.

지금 이 자리에서 실패가 달가웠다고 말씀드리지는 않겠습니다. 당시 제 인생은 너무나 암울했어요. 저의 성공 이후 언론은 제 이야기를 동화처럼 그려 냈지만, 당시 저는 어두운 터널이 얼마나 더 이어질지, 얼마나 오랫동안 버텨야 할지 알 수 없었어요. 터널 끝 빛을 본다는 건 현실과는 거리가 먼, 그저 희망에 불과했습니다.

그렇다면 저는 어째서 실패로부터 얻는 것에 관해 이야기하려 할까요? 바로 실패는 삶에서 불편한 것들을 모두 벗겨 내 버리기 때문입니다. 저는 제 자신을 있는 그대로 받아들이기 시작했고, 저의 모든 에너지를 저에게 가장 소중한 일을 끝마치는 데에만 쏟아붓기로 했습니다. 제가 만약 다른 일에 성공했다면, 제가 정말로 속해 있다고 믿는 분야에서 성공하겠다는 의지를 다지지 못했을 거예요. 가장 두려워했던 것을 이미 경험했기에 마침내 그 두려움에서 자유로워졌고, 저는 여전히 살아 숨 쉬고 있었으며, 제 곁에는 사랑하는 딸이 있었고, 낡은 타자기와 좋은 아이디어도 가지고 있었지요. 그래서 그 딱딱한 바닥을 주춧돌 삼아 제 인생을 다시 일으켜 세울 수 있었습니다.

여러분은 제가 겪은 수준의 처참한 실패를 겪을 일이 없을 테지만, 인생에서 실패란 피할 수 없는 것입니다. 실패 없는 삶은 불가능하지요. 극도로 몸을 사리기만 하면 똑바로 살 수 없고, 그렇다면 여러분의 인생 자체가 실패하게 됩니다.

실패함으로써 저는 시험을 통과하는 걸로는 결코 얻을 수 없었던 마음의 안정을 찾았습니다. 실패를 통해 제 자신에 대해 잘 알게 되었어요. 저는 의지가 강한 사람이고, 제가 생각했던 것보다 자기 관리를 잘하는 사람이라는 걸 알게 되었습니다. 보석보다 소중한 친구들이 곁에 있다는 사실도 깨닫게 되었지요.

실패 후 더 현명하고 강인해진다는 사실을 깨닫게 되면 여러분은 앞으로도 살아남을 수 있다는 자신감을 갖게 됩니다. 역경을 겪기 전까지 여러분은 자신의 진짜 모습이 어떠한지, 자신의 인간관계가 얼마나 견고한지 제대로 알 수 없습니다. 이런 깨달음은 진정한 선물입니다. 이 깨달음을 얻는 건 혹독했지만 지금까지 얻은 그 어떤 자격증보다도 가치 있는 것이었어요.

그래서 시간을 되돌려 스물한 살의 저에게 돌아간다면, 인생이란 뭔가를 얻고 성취하는 것만이 다가 아니라는 사실을 깨닫는 데 우리의 행복이 달려 있다고 이야기해 줄 것입니다. 제 또래나 그보다 나이가 많은 사람들 중에는 이 둘을 혼동하는 경우가 많겠지만, 여러분이 갖춘 자격 요건, 이력서는 여러분의 인생이 아닙니다. 삶은 힘들고 복잡하고 우리 뜻대로 되지 않습니다. 이 사실을 겸허히 받아들이면 여러분은 어떤 고난도 극복할 수 있을 거예요.

이제 여러분은 상상력이 제 삶을 다시 일으키는 데 큰 역할을 했기 때문에 상상력의 중요성을 오늘의 두 번째 주제로 삼았을 거라 생각할지도 모르겠습니다만, 이게 전부는 아니랍니다. 잠자리에서 아이들에게 동화를 읽어 주는 것의 가치를 적극 옹호하기는 하지만, 저는 상상력의 가치를 훨씬 더 넓은 의미에서 경험해 왔습니다. 상상력은 존재하지 않는 것을 생각할 수 있게 하는 인간 고유의 능력일 뿐 아니라, 그렇기에 모든 발명과 혁신의 원천이 됩니다. 상상력의 가장 변화무쌍한 힘은 바로 우리가 직접 겪지 않은 다른 사람들의 경험에 공감

할 수 있도록 하는 데 있지요.

제 인생에서 가장 중요했던 경험 가운데 하나는 '해리 포터'를 쓰기 전에 겪은 일인데, 이 경험은 나중에 책을 쓰는 데 큰 영향을 주었습니다. 직장 초년생 시절의 일이에요. 20대 초반, 저는 점심시간마다 소설을 쓰러 슬며시 빠져나오곤 했어도 런던에 있는 국제앰네스티(Amnesty International)• 본부 아프리카 연구 부서에서 일하며 생활비를 벌고 있었습니다.

저는 자그마한 사무실에서 독재 정권하에서 탄압받는 사람들이 그들이 처한 현실을 바깥세상에 알리기 위해 급하게 휘갈겨 쓴, 밀반출된 편지들을 읽었습니다. 자취도 없이 사라져 버린 사람들의 가족과 친구들이 앰네스티 앞으로 보낸 실종자들의 사진을 보았습니다. 저는 고문 피해자들의 증언을 읽고 고문의 증거가 담긴 사진을 보았습니다. 즉결 심판 및 처형, 납치와 강간 목격자들이 손으로 직접 쓴 진술서를 읽었습니다.

제 동료 중에는 과거 정치범이었던 이들이 많았는데, 반정부 발언을 할 만한 용기가 있었다는 이유로 고국에서 추방당하거나 망명을 온 사람들이었지요. 사무실 방문객 가운데는 정보를 제공하려는 사람도 있었고, 고국에 남겨 둔 이들의 행방을 알아보기 위해 찾아온 사람도 있었습니다.

당시 저보다 나이가 많지 않았던 아프리카 출신 고문 피해자

• 국제앰네스티 국가 권력에 의해 처벌당하고 억압받는 각국 정치범들을 구제하기 위하여 설치된 국제기구. 이데올로기·정치·종교상의 신념이나 견해 때문에 체포·투옥된 정치범의 석방, 공정한 재판과 옥중 처우 개선, 고문과 사형의 폐지 등을 목적으로 한다.

를 절대 잊을 수 없습니다. 그는 고국에서 겪은 고문 후유증으로 정신 질환을 앓고 있었어요. 카메라 앞에서 자신에게 가해진 폭력에 관해 증언하는 동안 그는 부들부들 떨었습니다. 저보다 키가 30센티미터는 컸지만 어린아이처럼 허약해 보였습니다. 비디오 녹화를 마친 뒤 그를 지하철역까지 안내해 주는 게 제가 맡은 일이었지요. 잔인무도• 한 정권에 삶이 산산조각 난 이 청년은 아주 정중하게 악수를 청했고 저에게 행복을 빌어 주었습니다.

텅 빈 사무실 복도를 걷고 있는데 이때껏 한 번도 들어 본 적 없는 고통과 공포로 가득 찬 비명이 들려왔던 일은 죽을 때까지 잊을 수 없을 거예요. 사무실 문 하나가 열리더니 연구원이 머리를 쑥 내밀고는 그녀와 함께 있는 청년을 위해 서둘러 따뜻한 음료를 가져다 달라고 했습니다. 그가 고국의 정권에 대항해 거침없이 비판한 것에 대한 보복으로 그의 어머니가 체포되어 처형당했다는 슬픈 소식을 연구원이 이제 막 전했던 것입니다.

20대 초반에 그 일을 하는 동안 저는 제가 얼마나 행운아인지를 매일 되새겼습니다. 민주주의 절차에 따라 선출된 정부가 국정을 운영하는 나라에서 살고 있다는 것이, 누구나 법적 대리인을 통해 공개 재판을 받을 권리가 있는 나라에서 살고 있다는 것이 얼마나 행운인지 말입니다.

• 잔인무도 더할 수 없이 잔인함. 극악무도.

인간이 권력을 얻고 유지하기 위해 다른 인간에게 얼마나 극악무도한 폭력을 가하는지 점점 더 많은 증거를 보게 되었습니다. 제가 보고 듣고 읽은 내용들 때문에 말 그대로 매일 악몽을 꾸기 시작했어요.

하지만 동시에 저는 앰네스티에서 일하는 동안 인간의 선함에 대해 이전에 비해 더 많이 알게 되었어요. 자신의 신념 때문에 고문을 당하거나 투옥된 경험이 없는 수천 명의 직원들이 앰네스티에 모여 그런 고통을 겪은 사람들을 위해 일하고 있습니다. 단체 행동으로 이어지는 인간적인 공감의 힘은 생명을 구하고 구속된 이들에게 자유를 줍니다. 편안하고 안정된 삶이 보장된 평범한 사람들이 서로 알지도 못하고 평생 만날 일도 없을 사람들을 구하기 위해 한데 모입니다. 그 과정에 조금이나마 보탬이 되었던 경험은 제 자신을 겸허하게 만들고 고무했습니다.

지구상의 다른 생물들과 달리 인간은 직접 경험하지 않은 것을 배우고 이해하는 능력을 가지고 있답니다. 인간은 타인의 처지에서 생각할 수 있습니다.

물론 제 소설 속 마법처럼 도덕적으로 중립적인 힘입니다. 누군가 그런 능력을 다른 사람을 이해하고 공감하는 데 쓰기보다는 다른 사람을 조종하고 통제하기 위해 사용할지도 모르지요.

많은 이들이 자신이 가진 상상력을 전혀 사용하지 않고 살아가기를 선호합니다. 사람들은 지금과 다른 환경에서 태어났다

면 어떤 느낌이었을지 알아보려고 노력하지 않으며, 자신이 경험한 한도 안에 편안하게 머물러 있는 편을 택합니다. 그들은 비명 소리를 듣지 않으려고 하거나 우리 내면을 자세히 들여다보려고 하지 않아요. 그들 인생에 영향을 미치지 않는 고통에는 관심을 기울이지 않고 마음을 닫습니다. 알려고도 하지 않지요.

그렇게 살 수 있다면 얼마나 좋을까 부러울 수도 있겠지만, 그런 사람들이라고 해서 악몽에 덜 시달리는 것은 아니라고 생각하면 부러움이 사라집니다. 자기만의 좁은 틈바구니 안에서 살다 보면 광장 공포증•이 생기고 이 증세는 극도의 공포를

• 광장 공포증 광장이나 공공장소, 특히 급히 빠져나갈 수 없는 상황에 도움 없이 혼자 있게 되는 것에 대한 공포.

가져옵니다. 저는 상상력을 발휘하지 않는 사람들이 오히려 더 많은 괴물을 본다고 생각합니다. 이런 사람들은 더 큰 두려움을 느끼지요.

나아가 공감을 거부한 사람들은 진짜 괴물을 만들어 냅니다. 우리가 스스로 악을 행하지 않더라도 악이 행해지는 상황을 외면한다면 악의 공모자와 다를 바 없습니다.

당시에는 정의할 수 없었던 무언가를 찾기 위해 열여덟 살에 발을 들인 고전학의 세계에서 제가 배운 수많은 것들 가운데 하나가 바로 그리스 작가 플루타르크가 쓴 이 구절입니다. "우리가 내면에서 성취하는 것이 우리 외면의 현실을 바꿀 것이다."

믿기 힘든 구절입니다만, 우리 일상생활에서도 매일 수없이 증명되고 있지요. 이 구절은 우리와 바깥세상이 연결되어 있음은 피할 수 없는 현실이고 우리는 그저 존재하는 것만으로도 다른 사람의 삶에 영향을 미친다고 말합니다.

2008년 하버드 졸업생 여러분은 다른 사람의 삶에 얼마나 많은 영향을 미치게 될까요? 여러분의 지적 능력, 성실함, 교육 수준이 여러분에게 남다른 지위를 안겨 주고 여기에는 남다른 책임이 따르겠지요. 여러분의 국적조차도 여러분을 특별한 자리에 서게 합니다. 여러분 대다수가 세계 유일의 초강대국 국민입니다. 여러분이 투표하는 방식, 살아가는 방식, 정부에 압력을 넣고 저항하는 방식은 미국 국경 너머 멀리까지 영향을 미칩니다. 이게 바로 여러분의 특권이자 책임입니다.

만약 여러분께서 힘없는 사람들을 대신하여 목소리를 높이는 데 여러분의 지위와 영향력을 사용한다면, 여러분께서 권력자들뿐 아니라 힘없는 사람들과도 자신을 동일시한다면, 여러분께서 여러분만큼 혜택받지 못한 이들의 삶을 이해할 수 있는 상상력을 지닌다면, 여러분의 가족들만 여러분을 자랑스러워하는 것이 아니라 여러분의 도움으로 더 나은 삶을 살게 된 수많은 사람들도 여러분이 존재한다는 사실에 감사할 것입니다. 세상을 바꾸기 위해 마법이 필요한 건 아니에요. 우리에게 필요한 힘을 우리 내면에 이미 가지고 있습니다. 우리에게는 더 나은 세상을 상상하는 힘이 있어요.

제가 준비한 이야기가 거의 끝나 갑니다. 여러분에게 바라는 게 한 가지 더 있는데, 이건 제가 스물한 살 때 이미 가지고 있던 것이기도 해요. 졸업식 날 저와 함께했던 친구들이 평생의 친구로 남아 있습니다. 이 친구들은 제 아이들의 대부모•가 되어 주었고, 제가 어려울 때마다 도움을 청할 수 있었던 사람들입니다. 또한 '해리 포터'의 악당들 이름을 이 친구들의 이름을 따서 지었는데도 저를 고소하지 않을 정도로 너그럽지요. 졸업식 날 우리는 서로에 대한 애정과 다시 오지 않을 학창 시절을 함께한 경험으로 똘똘 뭉쳤습니다. 우리 중 누군가가 훗날 영국 총리 후보에 오른다면 널리 회자될• 사진 증거도 남겼어요.

• 대부모 신앙의 후견인으로 세우는 대부와 대모를 아울러 이르는 말.
• 회자되다 칭찬을 받으며 사람의 입에 자주 오르내리게 되다.

그래서 오늘 저는 여러분도 제가 간직해 온 우정 못지않은 우정을 지켜 나가기를 바랍니다. 그리고 내일 저의 축사 내용이 단 한 마디도 기억나지 않게 되더라도 세네카가 남긴 말만큼은 기억해 주기를 바라요. 세네카는 제가 출세의 길을 내팽개치고 고대의 지혜를 찾아 고전학의 세계로 달아났을 때 만난 고대 로마인 가운데 한 사람입니다. "이야기에서 중요한 것은 이야기의 길이가 아니라 그 내용이 얼마나 훌륭한가에 달려 있다. 인생도 마찬가지다."

여러분 모두에게 멋진 삶을 기원합니다. 고맙습니다.

류지이 옮김

조앤 K. 롤링 Joanne K. Rowling 1965~
작가. 영국 웨일스에서 태어났다. 엑스터대학교에서 불문학과 고전학을 전공하며 작가의 꿈을 키웠다. '해리 포터' 시리즈로 국제적 명성을 얻었다.

여러분이 사랑하는 것을 찾아야 합니다

스티브 잡스

세계 최고의 명문 대학 중 하나인 이곳에서 여러분의 졸업식에 함께하게 되어 영광입니다. 솔직히 말하자면, 저는 대학을 졸업하지 않았습니다. 대학교 졸업식을 이렇게 가까이에서 보는 건 태어나서 처음이네요. 오늘 저는, 여러분께 제가 살아오면서 겪은 세 가지 일화•를 들려드릴까 합니다. 그리 대단한 이야기는 아닙니다. 그저 세 가지 일화일 뿐이에요.

첫 번째 이야기는 인생의 전환점에 관한 것입니다.

저는 리드대학에 입학한 지 6개월 만에 자퇴했습니다. 그래도 진짜로 그만두기 전까지 18개월 정도는 학교 주변을 어슬렁거렸던 것 같습니다. 그렇다면 저는 왜 자퇴했을까요?

먼저 제가 태어나기 전의 이야기로 거슬러 올라가 보죠. 저

• 이 글은 2005년 6월 12일 스탠포드대학교 졸업식에서 한 연설문이다. 교과서(창비)에는 '항상 갈망하라, 늘 바보처럼 우직하게'라는 제목으로 축약본이 실려 있다.

• 일화 세상에 널리 알려지지 아니한 흥미 있는 이야기.

를 낳아 준 어머니는 대학을 졸업한 젊은 미혼모였습니다. 그래서 저를 입양 보내기로 결심했죠. 어머니는 저의 양부모가 대학을 나온 사람이어야 한다고 생각했고, 제가 태어나자마자 변호사 부부에게 입양할 준비를 마친 상태였습니다. 그들이 막판에 여자아이를 원한다고 한 것만 빼면요. 그래서 결국 대기자 명단에 있던 저의 양부모님이 한밤중에 걸려 온 전화를 받게 되었습니다.

"뜻밖에 사내아이가 태어났습니다. 그래도 입양하시겠습니까?"

그들은 말했습니다.

"물론이죠."

저의 생모는 나중에야 제 어머니가 대학을 나오지 않았고 아버지는 고등학교조차 졸업하지 못했다는 사실을 알고는 최종 입양 동의서에 서명을 거부했습니다. 몇 달 뒤 양부모님이 저를 대학에 꼭 보내겠다고 약속한 뒤에야 저의 생모는 입양을 수락했습니다. 제 인생은 이렇게 시작되었어요.

17년 뒤 저는 대학에 입학했습니다. 하지만 저는 순진하게도 바로 이곳 스탠포드의 학비와 맞먹는 값비싼 학교를 선택했고, 평범한 노동자였던 부모님이 모아 둔 돈은 모두 제 학비로 들어갔지요. 6개월 뒤 저는 대학이 그럴 만한 가치가 없는 곳이라 생각하게 되었습니다. 제가 인생에서 원하는 게 무엇인지, 그것을 실현하는 데 대학이 얼마나 도움이 될지 알 수 없었습니다. 더욱이 양부모님이 평생 모아 온 재산이 전부 제

학비로 들어가고 있었습니다. 그래서 저는 자퇴를 결심했습니다. 그리고 모든 것이 잘 풀릴 거라 믿기로 했지요. 당시에는 꽤나 두려웠지만, 지금 돌아보면 제 인생 최고의 결정이었던 것 같습니다. 학교를 그만두고 나니 흥미가 없던 필수 과목 대신 재미있어 보이는 강의만 들을 수 있었습니다.

낭만적인 것만은 아니었습니다. 저는 더 이상 기숙사에 머무를 수 없었기 때문에 친구네 방바닥에서 잠을 잤습니다. 먹을 것을 사기 위해 한 병에 5센트씩 하는 빈 병을 팔기도 했고, 일주일에 한 번은 제대로 된 끼니를 먹기 위해 일요일 밤마다 하레 크리슈나 사원까지 7마일씩 걷기도 했습니다. 전 그 생활이 좋았어요. 호기심과 직관만 믿고 따른 일들이 후에 정말 값진 경험이 되었습니다.

한 가지 예를 들어 볼까요?

당시 리드대학의 서체학 강의는 아마 미국 최고 수준이었을 겁니다. 캠퍼스 곳곳에 붙어 있던 포스터, 서랍마다 붙어 있던 표 들은 너무나 아름다운 손 글씨체로 쓰여 있었습니다. 이미 자퇴한 상황이라 정규 과목을 들을 필요가 없었기에, 서체학 수업에 들어가기로 결심했습니다. 저는 세리프체와 산 세리프체, 서로 다른 문자의 결합에서 생기는 다양한 자간들, 멋진

• 직관 감각, 경험, 연상, 판단, 추리 따위의 사유 작용을 거치지 아니하고 대상을 직접적으로 파악하는 작용.
• 자간 쓰거나 인쇄한 글자와 글자 사이.

타이포그래피[•]를 더 멋지게 만드는 것들에 대해 배웠습니다. 과학적인 방법으로는 포착할 수 없는, 아름답고 유서 깊고 예술적인 것이었습니다. 정말 매력적이었죠.

이런 것들이 제 인생에 실질적인 도움을 줄 거라고는 생각지 못했습니다. 하지만 10년 뒤 우리가 매킨토시 컴퓨터를 처음 개발할 때, 그것들이 고스란히 활용되었습니다. 우리가 개발한 매킨토시에 그걸 적용했으니까요. 매킨토시는 아름다운 서체를 가진 최초의 컴퓨터였습니다. 만약 제가 그 수업을 듣지 않았더라면, 매킨토시 컴퓨터에 복수 서체 기능이나 자동 자간 맞춤 기능 같은 건 없었을 겁니다. 윈도우는 매킨토시를 따라 한 것이므로, 결국 그렇게 아름다운 서체가 탑재된[•] 개인용

• 타이포그래피 편집 디자인에서, 활자의 서체나 글자 배치 따위를 구성하고 표현하는 일.
• 탑재되다 장비나 부품 등이 부착되거나 설치되다.

컴퓨터는 세상에 존재하지 않았을 것입니다. 제가 만약 자퇴하지 않았다면 서체학 수업은 듣지 못했을 것이고, 오늘날처럼 뛰어난 서체를 가진 개인용 컴퓨터도 존재할 수 없었을 것입니다. 물론 제가 대학에 다니던 시절에 인생의 전환점들을 미리 내다보는 것은 불가능했지요. 하지만 10년이 흐른 지금 돌이켜 보면 그 모든 것이 너무나 또렷하게 보입니다.

다시 말해, 여러분은 인생의 전환점들을 미리 내다볼 수는 없습니다. 다만 과거를 돌이켜 보면서 인생의 중요한 순간들을 연결시켜 볼 뿐이죠. 그러니 여러분은 현재와 미래가 어떤 식으로든 연결될 거라는 사실을 믿어야 합니다. 여러분의 직감, 운명, 인생, 업(카르마)…… 그게 무엇이든 여러분은 믿음을 가져야 합니다. 이런 방식은 절대로 저를 실망시키지 않았습니다. 그리고 제 인생을 다르게 만들어 주었죠.

두 번째 이야기는 사랑과 상실• 에 관한 것입니다.

저는 운이 좋게도 인생에서 정말 하고 싶은 일을 일찌감치 발견했습니다. 스무 살 때 부모님 차고에서 스티브 워즈니악과 함께 애플을 시작했습니다. 우리는 정말 열심히 일했고, 10년 뒤 애플은 4천여 명의 직원을 둔 2백억 달러짜리 기업으로 성장했습니다. 스물아홉 살이 되던 해 애플 최고의 개발품인 매킨토시를 출시했고, 서른 살이 되자마자 저는 해고를 당했습니다. 제가 세운 회사에서 저를 해고하다니요? 회사가 막 성

• 상실 어떤 사람과 관계가 끊어지거나 헤어지게 됨.

장해 나가던 당시 저는 저와 잘 맞는 유능한 경영 전문가를 채용해야겠다고 생각했습니다. 첫해는 그럭저럭 잘 돌아갔습니다. 하지만 우리의 이상은 서로 어긋나기 시작했고 결국 우리 둘 사이도 어긋나고 말았습니다. 회사 이사회는 경영 전문가의 편을 들었고, 결국 저는 서른 살이 되던 해에 쫓겨났습니다. 그것도 아주 공식적으로요. 인생의 초점을 잃어버렸고 참담한 심정이 들었습니다.

몇 달 동안은 정말이지 무얼 해야 할지 모르겠더군요. 마치 달리기 계주에서 바통을 놓친 선수처럼, 선배 벤처 기업인들에게 송구스러웠습니다. 저는 데이비드 패커드와 밥 노이스를 만나 이렇게 실패해 버린 것에 대해 사과하려 애썼습니다. 저는 아주 공공연한 실패자였고, 심지어 실리콘 밸리•에서 도망치고 싶다는 생각마저 들었죠. 하지만 제 마음속에서 뭔가가 서서히 다시 차오르기 시작했습니다. 저는 여전히 제가 했던 일을 사랑하고 있었습니다. 애플에서 겪은 일조차도 그 마음을 꺾지는 못했습니다. 저는 비록 해고당했지만, 여전히 제 일을 사랑하고 있었지요. 그래서 저는 다시 시작하기로 결심했습니다.

당시에는 깨닫지 못했지만 제가 회사에서 쫓겨난 것은 제 인생 최고의 사건이었습니다. 성공에 대한 중압감•은 모든 것을

• 실리콘 밸리 컴퓨터 및 전자 산업체가 많이 모여 있는, 미국 캘리포니아주 샌프란시스코 남동부 지역.

• 중압감 강제되거나 강요된 것에 대한 부담감.

확신할 수 없는 초심자•의 가벼운 마음으로 바뀌었습니다. 덕분에 제 인생에서 가장 창의력이 빛나는 시기로 들어갈 수 있는 자유를 얻었죠.

이후 5년 동안 저는 넥스트와 픽사라는 이름의 회사를 만들었고, 지금의 제 아내가 된 여성을 만나 사랑에 빠졌습니다. 픽사는 세계 최초로 컴퓨터 애니메이션 영화인 「토이 스토리」를 만들었고, 지금은 가장 성공적인 애니메이션 제작사가 되었습니다. 애플이 넥스트를 인수하면서 저는 애플로 복귀하게 되었고, 넥스트 시절 개발한 기술들은 현재 애플의 전성기를 이끄는 데 핵심이 되었습니다. 또한 로렌과 저는 행복한 가정을 꾸리고 있고요.

제가 애플에서 해고되지 않았더라면 이런 일들 또한 일어나지 않았을 것이 분명합니다. 입에 쓴 약이 몸에 좋다는 걸 확인시켜 준 셈이죠. 때로 세상이 여러분을 속일지라도 절대 믿음을 잃지 마십시오. 저를 지탱했던 유일한 힘은 제가 하는 일을 사랑하는 것, 이 사실이었다고 굳게 믿습니다. 여러분도 자신이 사랑하는 일을 찾아야 합니다. 연인을 찾을 때처럼 일도 그렇게 찾아야 합니다. 일이라는 것은 여러분 인생의 많은 부분을 차지하기 때문에, 진정한 만족감을 얻기 위해서는 스스로가 위대하다고 믿는 일을 해야 합니다. 그리고 위대한 일을 하는 유일한 방법은 여러분이 하고 있는 그 일을 사랑하는 것

• 초심자 어떤 일을 처음 배우는 사람.

입니다. 아직 그 일을 찾지 못했다면 계속해서 찾으세요. 현실에 안주하지 마세요. 온 마음을 다하면 반드시 찾게 될 것입니다. 대부분의 관계가 그렇듯이, 해가 지날수록 점점 더 그 일이 좋아질 것입니다. 그러니 당신이 그 일을 발견하게 될 때까지 끊임없이 찾으십시오. 안주하지 마세요.

세 번째 이야기는 죽음에 관한 것입니다.

열일곱 살 때 이런 구절을 읽은 적이 있습니다.

"하루하루를 인생의 마지막 날처럼 산다면, 언젠가는 바른 길에 서게 될 것이다."

여기에 감명받은 저는 지난 33년 동안 매일 아침 거울을 보면서 스스로에게 물었습니다. "만약 오늘이 내 인생의 마지막 날이라면, 오늘 내가 하려고 하는 이 일을 과연 할 것인가?" '아니요.'라는 답이 여러 날 이어진다면 저는 뭔가를 바꿔야 한다고 생각합니다.

내가 곧 죽게 된다는 생각은, 제 삶에서 중요한 결정을 내리는 데 도움을 주었습니다. 그 모든 외부의 기대, 자존심, 좌절과 실패에 대한 두려움…… 그런 것들은 죽음 앞에서는 아무것도 아니며, 인생에서 진정 중요한 것만 남기고 사라지게 되기 때문입니다. 여러분이 언젠가 죽게 될 것이라는 사실을 기억하는 것은, 무언가를 잃게 될 것이라는 생각의 함정으로부터 벗어나게 해 주는 최고의 수단입니다. 여러분은 이미 발가벗고 있습니다. 그러므로 자기 마음이 이끄는 곳으로 따라가지 못할 이유가 없습니다.

1년 전쯤 저는 암 판정을 받았습니다. 아침 7시 반에 검사를 받았는데 췌장에 종양•이 있는 것으로 확인됐습니다. 그 전까지는 췌장이란 게 뭔지도 몰랐는데 말이죠. 의사들이 이야기하길, 치료가 거의 불가능한 종류의 암이며 앞으로 길어야 3개월에서 6개월 정도 살 수 있을 거라고 했습니다. 제 주치의는 집으로 돌아가 신변을 정리하라고 말했습니다. 그러니까 죽음을 준비하라는 얘기였죠. 그것은 곧 내 아이들에게 10년 동안 해 줄 이야기를 단 몇 달 안에 마치라는 것과 같았고, 가족들의 충격이 덜하도록 모든 것을 충분히 정리해 두라는 뜻이었으며, 작별 인사를 준비하라는 것이었습니다.

저는 그날 내내 암 판정을 받아들이기 위해 애썼습니다. 그리고 저녁에는 조직 검사를 받았지요. 의사들은 제 목구멍으로 내시경을 집어넣어 위와 장을 지나 췌장에 붙어 있는 암세포 조직을 바늘로 떼어 냈습니다. 저는 마취 상태였는데, 나중에 아내가 말하길, 현미경 분석 결과 치료가 가능한 희귀한 췌장암이라는 사실을 확인하고 의사들까지 눈물을 글썽였다는 겁니다. 저는 수술을 받았고, 다행스럽게도 건강을 되찾았습니다.

그때만큼 죽음과 가까이 대면했던• 적은 없었습니다. 그리고 앞으로 몇십 년간은 그런 일이 없기를 바랍니다. 죽음을 대면

• 종양 조절할 수 없이 계속 진행되는 세포 분열에 의한 조직의 새로운 증식이나 증대. 주위 장기로의 전이가 없는 양성 종양과 전이가 있는 악성 종양으로 크게 나눌 수 있다.
• 대면하다 서로 얼굴을 마주 보고 대하다.

하고 나니 이제 저는 머리로만 이해하고 있던 개념보다 좀 더 명확하게 죽음에 대해 말할 수 있게 되었습니다.

누구도 죽음을 원치 않습니다. 심지어 천국에 가고 싶다는 사람들조차 죽는 것을 원하지는 않습니다. 그럼에도 우리 모두는 언젠가 죽을 것입니다. 누구도 피해 갈 수 없습니다. 그리고 그렇게 될 수밖에 없습니다. 죽음이란 삶이 만들어 낸 최고의 발명품이니까요. 죽음은 삶을 변화시키는 매개체입니다. 죽음은 낡은 것들을 거두어 내고 새로운 것을 위한 길을 닦아 줍니다. 바로 지금, 여러분이 그 새로움입니다. 하지만 얼마 지나지 않아 여러분도 점차 낡은 것이 되어 거두어지는 존재가 될 것입니다. 너무 극단적으로 표현해서 죄송합니다만, 분명한 사실입니다.

여러분의 시간은 한정되어 있습니다. 그러니 남의 삶을 사느라 시간을 낭비하지 마십시오. 다른 이들이 진리라 말하는 것들에 얽매이지 마십시오. 그들의 생각에 따라 살지 마십시오. 다른 사람들의 의견에서 비롯된 소음이 당신 내면의 목소리를 집어삼키게끔 내버려 두지 마십시오. 그리고 무엇보다 중요한 것은, 여러분의 마음과 직관을 따르는 용기를 갖는 것입니다. 여러분의 마음은 이미 여러분이 진정으로 되고 싶어 하는 것이 무엇인지를 알고 있습니다. 그 외의 것들은 모두 부차적입니다.

제가 어릴 적, 제 또래라면 누구나 알 만한 『지구 대백과』라는 놀라운 잡지가 있었습니다. 여기서 그리 멀지 않은 먼로 파

크 출신인 스튜어트 브랜드라는 사람이 쓴 책인데, 자신의 전부를 바친 것이었죠. 개인용 컴퓨터나 전자 출판이 등장하기 전인 1960년대 후반이었기에 타자기와 가위, 폴라로이드 카메라가 동원되었습니다. 말하자면 종이책 형태의 구글 같은 것이었는데, 구글이 등장하기 35년 전의 일입니다. 그 책은 간단한 도구와 뛰어난 생각만으로 만들어진 역작•이었습니다.

스튜어트와 그의 팀은 잡지 『지구 대백과』를 몇 호인가 발간한 뒤 자연스럽게 최종 호를 내놓게 되었습니다. 그때가 1970년대 중반이었으니, 제가 여러분 나이 때였지요. 최종 호 뒤표지에는 이른 아침의 시골길 풍경 사진이 있었는데, 모험을 좋

• 역작 온 힘을 기울여 작품을 만듦. 또는 그 작품.

아하는 사람이라면 히치하이킹•을 하고 싶다는 생각이 들 만한 장면이었습니다. 그 사진 아래에는 이런 구절이 적혀 있었어요.

"항상 갈망하라. 늘 바보처럼 우직하게."

이것이 바로 그들의 작별 인사였습니다. 항상 갈망하라. 늘 바보처럼 우직하게. 저는 늘 제 스스로가 그러하기를 바랐습니다. 그리고 이제 졸업과 함께 새로운 시작을 앞둔 여러분도 그렇게 되기를 바랍니다.

항상 갈망하십시오. 늘 바보처럼 우직하게.

대단히 감사합니다.

류지이 옮김

• 히치하이킹 여행 특히 무전여행에서 어디론가 이동하기 위해서 다른 사람의 차를 타려고 하는 행동.

스티브 잡스 Steve Jobs 1955~2011

미국의 기업가. 애플사의 창업자. 미국 캘리포니아에서 태어났고 리드대학 철학과를 중퇴했다. 애플 CEO로 활동하며 아이폰, 아이패드를 출시하여 IT 업계에 새로운 바람을 불러일으켰다.

이옥설(理屋說)•

이규보

행랑채•가 퇴락•하여 지탱할 수 없게끔 된 것이 세 칸이었다. 나는 마지못하여 이를 모두 수리하였다. 그런데 그중의 두 칸은 앞서 장마에 비가 샌 지가 오래되었으나, 나는 그것을 알면서도 이럴까 저럴까 망설이다가 손을 대지 못했던 것이고, 나머지 한 칸은 비를 한 번 맞고 샜던 것이라 서둘러 기와를 갈았던 것이다. 이번에 수리하려고 본즉 비가 샌 지 오래된 것은 그 서까래, 추녀, 기둥, 들보가 모두 썩어서 못 쓰게 되었던 까닭으로 수리비가 엄청나게 들었고, 한 번밖에 비를 맞지 않았던 한 칸의 재목들은 온전하여 다시 쓸 수 있었던 까닭으로 그 비용이 많지 않았다.

나는 이에 느낀 것이 있었다. 사람의 몸도 마찬가지라는 사

• 이옥설 집을 수리한 이야기. 이 글의 제목을 '집을 수리하고 느낀 것'이라고 붙인 교과서도 있다.
• 행랑채 대문간 곁에 있는 집채. 문간채.
• 퇴락 낡아서 무너지고 떨어짐.

실을, 잘못을 알고서도 바로 고치지 않으면 곧 그 자신이 나쁘게 되는 것이 마치 나무가 썩어서 못 쓰게 되는 것과 같으며, 잘못을 알고 고치기를 꺼리지 않으면 해(害)를 입지 않고 다시 착한 사람이 될 수 있으니, 저 집의 재목처럼 말끔하게 다시 쓸 수 있다.

그뿐만 아니라 나라의 정치도 이와 같다. 백성을 좀먹는 무리를 내버려 두었다가는 백성이 도탄•에 빠지고 나라가 위태롭게 된다. 그런 뒤에 급히 바로잡으려 하면 이미 썩어 버린 재목처럼 때는 늦은 것이다. 어찌 삼가지 않겠는가.

• 도탄(塗炭) 진구렁에 빠지고 숯불에 탄다는 뜻으로, 생활이 몹시 곤궁하여 고통스러운 지경을 이르는 말.

이규보 1168~1241
고려 중기의 학자, 문신. 호는 백운거사. 당대의 명문장가로 문집 『동국이상국집』 『백운소설』 등을 남겼다.

조침문(弔針文)•

유씨 부인

유세차• 모년 모월 모일에 미망인 모 씨는 두어 자 글로써 바늘에게 알리노라.

여자의 손 가운데 꼭 필요한 것이 바늘이로되, 세상 사람이 귀히 여기지 않는 것은 도처에 흔한 까닭이로다. 이 바늘은 한낱 작은 물건이나 이렇듯이 슬퍼함은 나의 정회(情懷)•가 남과 다름이라. 아, 비통하구나, 아깝고 불쌍하다. 너를 얻어 손 가운데 지닌 지 벌써 27년이라. 어이 인정이 그렇지 아니하겠는가? 슬프다. 눈물을 잠깐 거두고 심신을 겨우 진정하여 너의 행적과 나의 품은 마음을 총총히• 적어 작별 인사를 하노라.

여러 해 전에 우리 시삼촌께서 동지상사• 명을 받아 북경에

• 조침문 부러진 바늘을 애도하는 글(제문).
• 유세차 제문(祭文)의 첫머리에 관용적으로 쓰이는 말.
• 정회 생각하는 마음. 또는 정과 회포를 아울러 이르는 말.
• 총총히 바삐.
• 동지상사 조선 시대에, 해마다 동짓달에 중국으로 보내던 사신인 동지사의 우두머리.

다녀오신 후, 바늘 여러 쌈을 주시기에 친정과 가까운 친척에게뿐만 아니라 먼 친척에게도 보내고, 비복• 들에게도 쌈쌈이 낱낱이 나눠 주었다. 그중에 너를 택하여 손에 익히고 익히어 지금까지 같이 지내 왔었는데……. 슬프다. 연분이 특별하여, 너희를 무수히 잃고 부러뜨렸으되 오직 너 하나를 꽤 오래 간직하여 왔으니, 비록 무심한 물건이나 어찌 사랑스럽고 마음에 끌리지 아니하겠는가? 아깝고 불쌍하며 또한 섭섭하도다.

나의 신세 박명하여• 슬하에 자식이 없고 목숨이 모질어 일찍 죽지도 못했구나. 살림이 너무도 가난하여 바느질에 마음을 붙이고 네 덕분에 시름을 잊고 생계에 도움이 적지 아니했는데, 오늘 너를 이별하는구나. 아, 슬프다. 이는 귀신이 시기

• 비복 계집종과 사내종을 아울러 이르는 말.
• 박명하다 복이 없고 팔자가 사납다.

하고 하늘이 미워하심이로다.

아깝다 바늘이여, 어여쁘다 바늘이여. 너는 미묘한 품질과 특별한 재질을 가졌으니, 사물 중의 명물이요, 쇠 중에 단단하기가 으뜸이었다. 민첩하고 날래기는 백대(百代)의 협객이요, 굳세고 곧기는 만고(萬古)의 충절•이라. 가는 부리는 말하는 듯하고, 둥근 귀는 소리를 듣는 듯한지라. 능라•와 비단에 봉황과 공작을 수놓을 때 그 민첩하고 신기함은 귀신이 돕는 듯하니, 어찌 사람의 힘이 미칠 것인가.

아, 슬프다. 자식이 귀하나 손에서 놓을 때도 있고 비복이 순하나 명을 거스를 때가 있건만, 너의 미묘한 기질이 내 뜻을 따르던 것을 생각하면 자식보다 낫고 비복보다 낫더구나. 은으로 집을 짓고 오색으로 무늬를 놓아 겉고름에 채였으니, 부녀자의 노리개로다. 밥 먹을 적에 만져 보고 잠잘 적에 만져 보며 너와 더불어 벗이 되었구나. 여름날과 겨울밤에 등잔을 상대하여 누비며, 호며,• 감치며,• 박으며, 공그를• 때에 겹실을 꿰었으니, 봉황의 꼬리를 두르는 듯 땀땀이 떠 갈 적에 수미(首尾)가 상응하고• 솔솔이 붙여 내니 신기한 재주가 끝이 없다.

• 만고의 충절 세상에 비길 데가 없는 충성스러운 절개.
• 능라 두꺼운 비단과 얇은 비단.
• 호다 헝겊을 겹쳐 바늘땀을 성기게 꿰매다.
• 감치다 바느질감의 가장자리나 솔기를 실올이 풀리지 않게 용수철이 감긴 모양으로 감아 꿰매다.
• 공그르다 헝겊의 시접을 접어 맞대어 바늘을 양쪽의 접힌 시접 속으로 번갈아 넣어 가며 실 땀이 겉으로 드러나지 않게 속으로 떠서 꿰매다.
• 수미가 상응하다 머리와 꼬리가 서로 응한다는 뜻으로, 양쪽 끝이 서로 통한다는 의미이다.

이승에서 백 년 동거하려 하였더니, 아 슬프다, 바늘이여. 금년 시월 초열흘날 술시 에, 희미한 등잔 아래서 관대 깃을 달다가 무심결에 자끈동 부러지니 깜짝 놀랐어라. 아야 아야 바늘이여, 두 동강이 났구나. 정신이 아득하고 혼백이 산란하여 마음을 베어 내는 듯하며 두골을 깨뜨리는 듯하더구나. 이슥하도록 기가 막혀 정신을 잃었다가 겨우 정신을 차려, 만져 보고 이어 본들 속절없고 하릴없다. 편작 의 귀신같은 솜씨로도 장생불사(長生不死) 못 하였네. 동내 장인(匠人)에게 때운들 어찌 쉽게 때울쏜가. 한 팔을 베어 낸 듯, 한 다리를 베어 낸 듯하구나. 아깝다, 바늘이여. 옷섶을 만져 보니 꽂혔던 자리 없네.

아, 슬프다. 내가 삼가지 못한 탓이로다. 죄 없는 너를 죽이니 모두가 내 탓이라. 누구를 한탄하며 누구를 원망하리오. 능란한 성품과 빼어난 재질을 나의 힘으로 어찌 다시 바라리오. 절묘한 모습은 눈에 삼삼하고 특별한 재주는 마음을 막막하게 한다. 네 비록 물건이나, 무심치 아니하면 후세에 다시 만나 평생 동거지정(同居之情) 을 다시 이어 백년고락(百年苦樂)과 죽고 살기를 함께하기 바라노라. 아, 슬프다.

- 술시 오후 7~9시.
- 관대 옛날 벼슬아치들이 조정에 나아갈 때 입던 제복.
- 자끈동 작고 단단한 물건이 갑자기 세게 부러져 도막이 나는 모양.
- 편작 중국 전국 시대의 의사로, 의술이 아주 뛰어나 환자의 오장을 투시하는 경지에까지 이르렀다고 한다.
- 장생불사 오래도록 살고 죽지 아니함.
- 동거지정 한집에서 같이 사는 정과 의리.

1 '나의 열여섯 파노라마' 카드 만들기

영화에서 주인공이 위기에 빠지는 순간, 파노라마처럼 쭉 펼쳐진 자신의 인생을 떠올리는 장면을 본 적이 있나요? 실제로는 긴 시간이었지만 지나고 보면 굉장히 짧은 순간처럼 느껴집니다. 여러분은 어색한 교복을 입고 떨리는 마음으로 교문 안으로 첫 발걸음을 내딛던 날을 뒤로하고 이제 또 다른 설렘을 찾아 교문을 나서야 할 날이 얼마 남지 않았습니다. 지난 중학교 생활을 떠올려 보고 인상 깊었던 장면들을 포착하여 '나의 열여섯 파노라마' 카드를 만들어 봅시다.

(1) **지난 3년 동안 기억에 남는 경험을 떠올려 봅시다.**

(2) **떠올린 기억을 파노라마 카드로 만들어 봅시다.**

① 4절지를 반으로 잘라 가로가 긴 종이를 준비합니다.

② 병풍처럼 세울 수 있도록 모양을 잡아 접습니다.

③ 카드에 기억에 남는 장면을 그림으로 그리고, 경험과 느낌을 간략하게 적습니다.

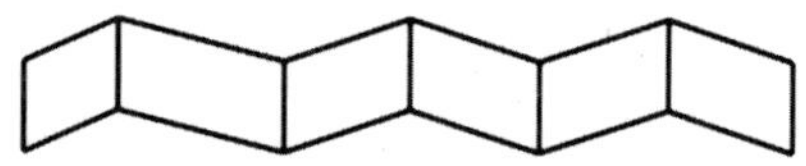

학생 예시 작품

나의 열여섯 파노라마

유소은(학생)

〈펼친 모습〉

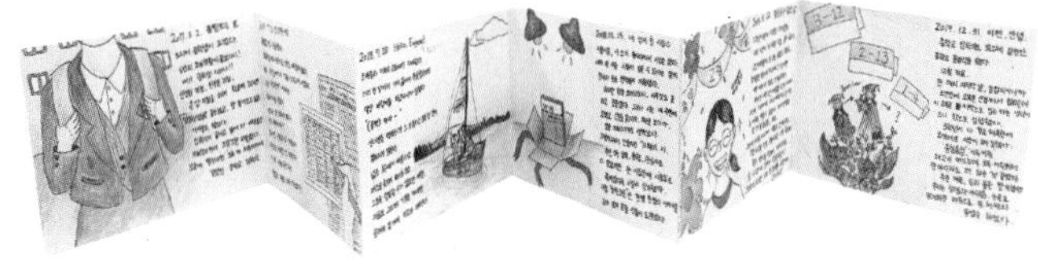

〈표지〉

1

2017. 3. 2. 중딩 되던 날

드디어 중학생이 되었다. 6년의 초등 생활이 끝났다니! 내가 중학생이라니!! 선생님 걱정, 친구들 걱정…… 온갖 걱정을 하며 학교에 갔지만 담임 선생님은 좋으셨고, 말 걸어 보고 싶은 아이들도 많았다. 입학식이 끝나고 집에 와 배달 음식 시켜 먹으면서 조잘조잘 떠들었다. 모든 게 떨리지만, 모든 게 처음이라서 설렜던 중학교 입학식.

2

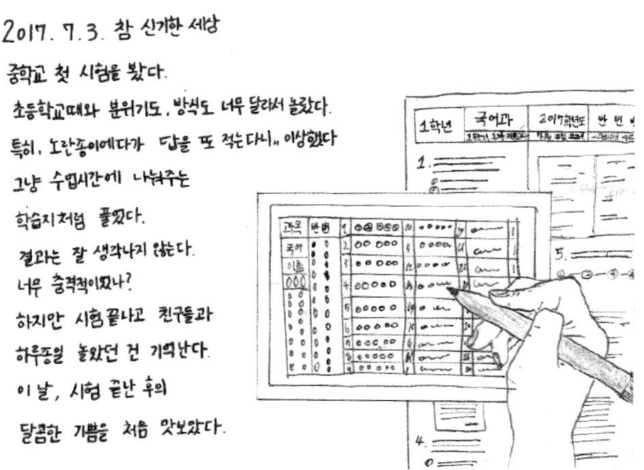

2017. 7. 3. 참 신기한 세상

중학교 첫 시험을 봤다. 초등학교 때와 분위기도, 방식도 너무 달라서 놀랐다. 특히, 노란 종이에다가 답을 또 적는다니, 이상했다. 그냥 수업 시간에 나눠 주는 학습지처럼 풀었다. 결과는 잘 생각나지 않는다. 너무 충격적이었나? 하지만 시험 끝나고 친구들과 하루 종일 놀았던 건 기억난다. 이날, 시험 끝난 후의 달콤한 기쁨을 처음 맛보았다.

3

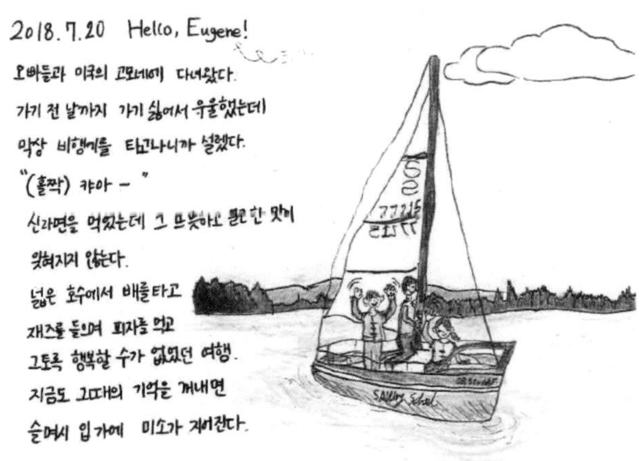

2018. 7. 20. Hello, Eugene!

오빠들과 미국의 고모네에 다녀왔다. 가기 전날까지 가기 싫어서 우울했는데 막상 비행기를 타고 나니까 설렜다.

"(훌쩍) 캬아—"

신라면을 먹었는데 그 뜨뜻하고 얼큰한 맛이 잊혀지지 않는다.

넓은 호수에서 배를 타고 재즈를 들으며 피자를 먹고 그토록 행복할 수가 없었던 여행. 지금도 그때의 기억을 꺼내면 슬며시 입가에 미소가 지어진다.

4

2018.12.15. 내 생애 첫 시집

시끌시끌, 시 쓰기 동아리에서 시집을 냈다.
내가 쓴 시를 시집에 실을 수 있다는 말에
친구와 손을 번쩍들어 지원했다.
하지만 막상 쓰려고하니, 아무것도 못
하고 끙끙댔다. 그러나 시는 내 주변에
있었고 신문을 읽다가, 하늘을 보다가,
멍을 때리다가도 생각났다.
그렇게해서 만들어진 70편의 시.
우린 모두 성격, 취향, 관심사도
다 달랐지만 한 시집안에 '시詩'로
묶여있다는 사실이 신기했다.
시집 '상한것들'은 한명 한명의 이야기를
모아 잊지 못할 선물이 되주었다.

2018. 12. 15. 내 생애 첫 시집

시끌詩끌, 시 쓰기 동아리에서 시집을 냈다. 내가 쓴 시를 시집에 실을 수 있다는 말에 친구와 손을 번쩍 들어 지원했다. 하지만 막상 쓰려고 하니, 아무것도 못 하고 끙끙댔다. 그러나 시는 내 주변에 있었고, 신문을 읽다가, 하늘을 보다가, 멍을 때리다가도 생각났다. 그렇게 해서 만들어진 70편의 시. 우린 모두 성격, 취향, 관심사도 다 달랐지만 한 시집 안에 시(詩)로 묶여 있다는 사실이 신기했다. 시집 『상한 것들』은 한 명 한 명의 이야기를 모아 잊지 못할 선물이 되어 주었다.

5

2019. 5. 22. 철도 공사 끝난 날

5학년 가을에 시작한 치아 교정. 거의 4년이 다 되어 갈 무렵, 끝이 났다. 교정기 때문에 못 먹는 음식도 많고, 정기 검진 받으러 치과에 간 날이면 너무 아파서 잠도 안 왔었다. 하지만 너무 오랜 세월을 같이 지내서 그런지 치과에서 이제 빼겠다고 할 때, 좀 아쉬운 마음이 들었다. 의사 선생님 말 더 잘 들을걸, 하는. 그런데 빼고 나니까 이도 안 아프고, 먹을 수 있는 것도 많아지고 너무 좋았다. 특히 양치질할 때, 위아래로 할 수 있어서 얼마나 행복하던지! 고통스럽기도 했지만 많은 걸 알려 준 교정기야, 고마워!

6

2019. 12. 31. 이젠, 안녕.
중학교 입학식도 엊그제 같건만
중학교 졸업식을 했다.
12월 31일.
한 해의 마지막 날, 졸업식이니까
오랜만에 교복을 신경써서 입었는데
이 교복을 마지막으로 입는 다는 생각이
드니 참으로 섭섭했다.
3학년이 다 학교 체육관에
모이는데도 시간이 꽤 걸렸다.
'웅성웅성' '키득키득'
제각기 떠드는데, 모두 아쉬워서
한마디라도 더 하는 것 같았다.
추운 겨울, 손과 볼은 빨개졌지만
우리는 설렘과 아쉬움, 눈물로
뜨거워진 마음으로 또 한번의
졸업을 하였다.

2019. 12. 31. 이젠, 안녕

중학교 입학식도 엊그제 같건만 중학교 졸업식을 했다. 12월 31일. 한 해의 마지막 날, 졸업식이니까 오랜만에 교복을 신경써서 입었는데 이 교복을 마지막으로 입는다는 생각이 드니 참으로 섭섭했다. 3학년이 다 학교 체육관에 모이는데도 시간이 꽤 걸렸다. '웅성웅성, 키득키득' 제각기 떠드는데 모두 아쉬워서 한마디라도 더 하는 것 같았다. 추운 겨울, 손과 볼은 빨개졌지만 우리는 설렘과 아쉬움, 눈물로 뜨거워진 마음으로 또 한 번의 졸업을 하였다.

2 '내가 사랑하는 일'을 주제로 글쓰기

「여러분이 사랑하는 것을 찾아야 합니다」는 스탠포드대학교 졸업식에서 스티브 잡스가 한 연설입니다. 인생의 변곡점이 있을 때마다 그를 지탱했던 유일한 힘은 바로 '자신이 하는 일을 사랑하는 것'이었다고 고백합니다. 여러분은 지금 자신이 좋아하는 일, 자신이 원하는 일, 자신이 사랑하는 일을 찾아보는 중입니다. 그것은 '미래의 직업'이나 '실현하고 싶은 꿈'일 수도 있겠지요. '내가 사랑하는 일'을 주제로 자유롭게 글을 써 봅시다.

내가 사랑하는 일

학생 예시 글 1

열여섯의 사랑

김수진(학생)

"사랑해."

"나도."

학교엔 커플이 참 많다. TV 속 드라마엔 항상 사랑을 나누며 행복해하는 연인들이 있다. 내 나이 열여섯, 이팔청춘이라고 하던가, 한창 사랑이 궁금할 나이라지. 사랑을 한다는 건 어떤 느낌일까. 알고 싶다. 사랑을 상상해 보자. 사랑은 눈부시게 아름답겠지. 사랑하는 연인을 만날 땐 비가 와도 행복할 거야. 진짜 사랑은 어려움이 있을 때 더 깊어진다더라. 역경이 둘 사이를 가로막아도 사랑으로 이겨 내. 다른 친구들이 비웃더라도 아랑곳하지 않고 사랑을 이어 나가…….

일과 사랑에 빠진다면 어떨까? 힘들어도 행복하고, 지쳐서 포기하고 싶더라도 계속할 것이다. 남들이 보기에 초라하고 보잘것없을지라도 멈추지 않겠지. 사랑하기 때문이다. 내 꿈은 의사이다. 의사가 되어 아픈 사람들을 도와주는 나를 상상해 본다. 절로 미소가 지어진다. 눈이 맑게 반짝인다. 가슴이 두근거린다. 이게 사랑일까?

슈퍼히어로가 나오는 영화를 보면, 슈퍼히어로가 위험에 빠진 사람들을 구하고 정의를 실현한다. 언제 보아도 가슴 설레고 멋지다. 뛰어난 능력이 있다고 모두 영웅이 될 수 있는 것은 아니다. 영웅에겐 사람들이 필요로 할 때 언제라도 달려가 몸을 바칠 수 있는 희생정신이 필요하다. 사람들은 절망 속에서도 희망을 품을 수 있다. 언제부터인지 의사가 되고 싶은 이유가 무엇인지는 정확히 모르겠다. 다만, 영화 속 슈퍼히어로처럼 내 마음속 어떤 부분이 남을 도와주며 보람을 느끼고, 다른 사람이 행복할 때 기쁨을 느낀다. 현실은 영화처럼 순식간에 문제가 해결되지는 않을 거라는 건 안다. 그래도 질병으로 고통받는 사람들 곁에서 함께하고 싶다.

의사가 꿈이라서 억울할 때가 있다. 공부를 잘해서 혹은 돈을 많이 벌고 싶어서 의사가 되고 싶어 한다고 지레짐작하는 사람들이 많기 때문이다. 엄마가 걱정스러운 얼굴로 의사는 힘든 일이니 다른 직업을 생각해 보라고 권하실 때도 속상하다. 의사는 생명을 다루는 직업이다. 그만큼 막중한 책임감이 따른다. 많은 의학 지식을 빠르게 익혀야 하고, 강한 체력과 정신력, 공감 능력도 갖춰야 한다고 겁을 준다. 준비할 게 참 많고 갈 길이 멀다. 어떤 날은 내가 과연 할 수 있을까라는 생각도 한다. 그래도 의사가 되길 꿈꾼다. 내가 사랑하는 일이기 때문이다. 다른 사람들이 나름의 기준으로 나의 꿈에 대해 오해를 하든, 조언을 하든, 그 길을 걸어갈 것이다.

쉬는 시간, 책상에 팔을 괴고 앉아 있다. 둘러보면 커플들이 참 많다. 행복해 보이는군. 어쩌면 내가 찾는 사랑은 오랜 기다림이 필요할지도 모르겠다. 하지만, 언젠가는 사랑하는 사람도, 사랑하는 일도 모두 찾을 수 있을 거라 믿는다. 사랑이 궁금한 내 나이 열여섯, 아름다운 사랑을 위해 오늘도 최선을 다한다. 꿈을 향해 한 걸음 더 내딛는다.

학생 예시 글 2

꿈을 향해 직진!

장준혁(학생)

'꿈이 없는 사람에게는 미래도 없다.'

누구나 한 번쯤은 들어 본 말이다. 꿈꾸지도, 간절히 바라지도 않는 사람에겐 미래도, 희망도 없다는 의미로 잘 알려져 있다. 꿈이라는 구체적인 목표를 품을 때, 도전할 수 있는 용기가 생기고, 성취할 수 있는 가능성이 높아진다는 뜻도 담고 있다. 막연하고 희미하게만 느껴졌던 나의 미래가 언젠가부터 조금씩 뚜렷하게 보이기 시작한 것도 바로 '꿈'을 갖게 되면서부터였다. '꿈'이 생기고 나서부터 어른이 되어 어떤 일을 할지, 무슨 일을 해야 행복한 삶을 살 수 있을지 답을 찾게 된 것 같다. '꿈'이 주는 힘과 용기를 얻게 된 것이다.

초등학교 4학년 때였다. 부모님과 함께 늘 그렇듯 TV를 보고 있었다. 매일같이 정해진 시간에 정각을 알리는 시보 소리가 울리면, 우리 가족들은 TV 화면 앞에 나란히 모여 앉는 것이 일과였다. 뉴스를 보기 위해서였다. 왜 어른들은 매일같이 저렇게 어렵고 재미없는 뉴스 보는 것을 좋아하시는지 솔직히 어린 나에겐 잘 이해가 되지 않았다. 그래서 뉴스 화면을 뚫어져라 쳐다보고 계신 부모님의 뒷모습을 야속하게 쳐다본 날도 많았다. 그런데 그날은 달랐다. 나도 모르게 TV 화면에 자꾸만 눈길이 가는 게 아닌가. 뉴스는 다른 날과 비슷했다. 심각한 얼굴로 정치인들은 책상에 앉아 큰소리를 치고 있었고, 경찰서에는 잔인하게 사람을 해쳤다는 무서운 아저씨가 고개를 숙이고 잡혀 왔다. 저 먼 나라에서 열린 축구 경기가 그나마 좀 재미있었을 뿐이었는데, 화면에서 눈을 뗄 수가 없었다. 내 눈길을 끄는 한 사람이 있었기 때문이다. 뉴스를 전달하고 해설해 주는 사람, 바로 앵커였다.

매일같이 보던 앵커가 그날은 왜 남다르게 다가왔는지 모르겠다. 힘 있는 목소리에 자신감 넘치는 표정, 똑똑해 보이는 말투에다 단정한 옷차림까지 너무나도 근사하고 멋져 보였다. 뉴스의 처음부터 끝까지 진두지휘하는 '뉴스의 사령관'처럼 보이기도 했다. 무엇보다 어른들이 궁금해하고, 우리 부모님이 그렇게도 좋아하는 뉴스를 전달하는 일을 한다는 것이 마음에 쏙 들었다. 그날 이후로, 부모님만큼이나 나는 뉴스를 기다리는 아이가 되었다. 내가 보는 뉴스에선 눈부신 조명이 쏟아지는 뉴스룸의 주인공은 '미래의 나'였다. 상상만으로도 가슴이 설레었다. 나에게 뉴스 앵커의 꿈이 생기게 된 것이다. 그리고 그 '꿈'을 향해 용기를 내어 한 발씩 차근차근 다가서기 시작했다.

"저는 누구보다 방송부 일을 열심히 그리고 성실히 할 자신이 있습니다."

중학교에 입학하자마자 방송부의 문을 두드렸다. 초등학교 때의 방송부에 비하면 경쟁이 치열해 걱정이 앞서기도 했지만, 그렇다고 포기할 수는 없었다. 용기 있게 도전했고, 다행히 결과는 좋았다. 중학교의 방송부 활동을 통해, 더욱 다양한 경험을 하게 되었다. 기계 장비를 만져 보고, 아나운서 멘트도 하면서, 마치 방송사에서 일하는 느낌을 받기도 했다. 학업 스트레스로 힘들 때도 많았지만, 방송부에 와서 마이크를 잡으면 신기하게도 힘든 마음이 다 사라졌다. 한여름에 전교 학급을 다

뛰어다니며 방송 상태를 점검하면서도 쏟아지는 땀방울이 싫거나 아깝지 않았다. 마냥 즐겁고 좋기만 했다. 책을 많이 읽고, 나쁜 말은 쓰지 않으려는 나만의 노력도 기울이면서, 내가 품은 '꿈'이 얼마나 소중한 것인지 점점 분명하게 깨달을 수 있었다.

꿈이 있었기에 가슴 설레는 미래를 그려 볼 수도 있고, 힘들어도 포기하지 않을 수 있다. 꿈이 없다는 친구들도 있지만 아직 못 만났을 뿐이다. 아니면 이미 만났는데도 모르고 있을 수도 있다. 어쩌면 내일, 어쩌면 내년이라도 꼭 꿈을 만나게 되면 좋겠다. 꿈이 없으면 미래가 없다는 걸 믿고 있기에…….

오늘도 나는 방송인을 꿈꾸며 그 길을 향해 한 걸음씩 나아가고 있다. 스마트폰으로 세상을 바꿔 놓은 스티브 잡스처럼, '바보처럼 우직하게'! 그렇게 꿈을 향해 직진할 것이다.

작품 출처

강양구 「채식은 만병통치약일까」, 『세 바퀴로 가는 과학자전거 2』, 뿌리와이파리 2014

공선옥 「그 시절 우리들의 집」, 『자운영 꽃밭에서 나는 울었네』, 창비 2000

곽재구 「그림엽서」, 『작은 나누미』, 곽재구 외, 다림 2008

구본권 「자율주행차의 등장」, 『로봇 시대, 인간의 일』, 어크로스 2015

구정화 「모든 인간은 존엄하다」, 『청소년을 위한 인권 에세이』, 해냄출판사 2015

김구 「나의 소원」, 『나의 소원』, 백범김구기념관 2016

김신 「모두를 위한 디자인」, 『디자인의 힘』, 김미리·김신·이한나, 한국디자인진흥원 2009

김인숙 「일상 속에서의 대화들이 말의 거리를 지운다」, '겨레말 누리판' 2006년 7월호(http://gyeoremal.or.kr/webzine/1th/sub3-2.jsp)

김찬호 「인간의 서식지를 예감한다」, 『문화의 발견』, 문학과지성사 2007

김하나 「힘들 때 힘을 빼면 힘이 생긴다」, 〈세상을 바꾸는 시간, 15분〉 825회, CBS 2017년 10월 24일자 방송

남창훈 「생명을 불어넣는 마법사의 물」, 『탐구한다는 것』, 너머학교 2010

롤링, 조앤 K. 「실패가 준 뜻밖의 혜택 그리고 상상력의 중요성」, https://news.harvard.edu/gazette/story/2008/06/text-of-j-k-rowling-speech, 류지이 옮김

문종환 「밤도 대낮처럼 환하게, 인공 빛의 두 얼굴」, 『건강다이제스트』 2014년 7월 숲속 호(통권 372호)

박경화 「플라스틱은 전혀 분해되지 않았다」, 『지구인의 도시 사용법』, 휴 2015

박성호 「에어컨이 만든 삶」, 『전원 속의 내 집』 2016년 9월호, 주택문화사

박준 「어떤 말은 죽지 않는다」, 『운다고 달라지는 일은 아무것도 없겠지만』, 난다 2017

법정 「먹어서 죽는다」, 『새들이 떠나간 숲은 적막하다』, 샘터사 1996

법정 「직립 보행」, 『서 있는 사람들』, 샘터사 1978

신경림 「사립 학교 자리, 시새움과 책전이 키운 아이들」, 『못난 놈들은 서로 얼굴만 봐도 흥겹다』, 문학의문학 2009

엄지원 「젓가락질 잘해야만 밥 잘 먹나요」, 『한겨레21』, 2013년 9월 30일자(제

979호)
유씨 부인 「조침문」, 『문학시간에 옛글 읽기』, 휴머니스트 2013
윤상원 「젓가락으로 시작하는 밥상머리 교육」, 『충북일보』 2013년 4월 18일자
이규보 「이옥설(집을 수리하고 느낀 것)」, 『신편 국역 동국이상국집 5』, 민족문화추진회 옮김, 한국학술정보 2006
이순원 「어머니는 왜 숲속의 이슬을 떨었을까?」, 『내 영혼이 한 뼘 더 자라던 날』, 김훈 외, 엠블라 2007
이원영 「동물의 권리에 관하여」, 『동물을 사랑하면 철학자가 된다』, 문학과지성사 2017
이정모 「에어컨 만세」, 『한국일보』 2017년 8월 9일자
이준기 「디지털 치매, 걱정할 일 아니다」, 『지식의 이중주』, 고인석 외, 해나무 2009
이충렬 「간송 전형필」, 『간송 전형필』, 김영사 2010
잡스, 스티브 「여러분이 사랑하는 것을 찾아야 합니다」, 『국어 교과서 작품 읽기: 중 2 수필』, 류지이 옮김, 창비 2014
조지욱 「유럽은 왜 빵빵 할까?」, 『유럽은 왜 빵빵 할까?』, 나무를심는사람들 2018
최재천 「생명의 그물을 함부로 끊지 말아요」, 『생명, 알면 사랑하게 되지요』, 더큰아이 2015
탁석산 「'왜?'라고 묻기, 답을 찾기, 평가하기」, 『달려라 논리 1』, 창비 2014
홍익희 「신대륙의 숨은 보물, 고추 이야기」, 『세상을 바꾼 음식 이야기』, 세종서적 2017

수록 교과서 보기

지은이	작품명	수록 교과서
강양구	채식은 만병통치약일까	교학사(남미영)3-2
공선옥	그 시절 우리들의 집	지학사(이삼형)3-2
곽재구	그림엽서	금성(류수열)3-1
구본권	자율주행차의 등장	미래엔(신유식)3-1
구정화	모든 인간은 존엄하다	비상(김진수)3-2
김구	나의 소원	교학사(남미영)3-2
김신	모두를 위한 디자인	지학사(이삼형)3-1
김인숙	일상 속에서의 대화들이 말의 거리를 지운다	천재(노미숙)3-1
김찬호	인간의 서식지를 예감한다	교학사(남미영)3-1
김하나	힘들 때 힘을 빼면 힘이 생긴다	미래엔(신유식)3-1
남창훈	생명을 불어넣는 마법사의 물	미래엔(신유식)3-1
롤링, 조앤 K.	실패가 준 뜻밖의 혜택 그리고 상상력의 중요성	비상(김진수)3-2
문종환	밤도 대낮처럼 환하게, 인공 빛의 두 얼굴	천재(노미숙)3-2
박경화	플라스틱은 전혀 분해되지 않았다	비상(김진수)3-2
박성호	에어컨이 만든 삶	창비(이도영)3-1
박준	어떤 말은 죽지 않는다	비상(김진수)3-2
법정	먹어서 죽는다	창비(이도영)3-2
법정	직립 보행	지학사(이삼형)3-2
신경림	사립 학교 자리, 시새움과 책전이 키운 아이들	미래엔(신유식)3-1
엄지원	젓가락질 잘해야만 밥 잘 먹나요	천재(노미숙)3-2
유씨 부인	조침문	지학사(이삼형)3-1
윤상원	젓가락으로 시작하는 밥상머리 교육	천재(노미숙)3-2
이규보	이옥설(집을 수리하고 느낀 것)	천재(박영목)3-2 금성(류수열)3-2
이순원	어머니는 왜 숲속의 이슬을 떨었을까?	천재(박영목)3-1 금성(류수열)3-2

이원영	동물의 권리에 관하여	지학사(이삼형)3-2
이정모	에어컨 만세	창비(이도영)3-1
이준기	디지털 치매, 걱정할 일 아니다	지학사(이삼형)3-1
이충렬	간송 전형필	비상(김진수)3-1
잡스, 스티브	여러분이 사랑하는 것을 찾아야 합니다	창비(이도영)3-2
조지욱	유럽은 왜 빵빵 할까?	지학사(이삼형)3-2
최재천	생명의 그물을 함부로 끊지 말아요	동아(이은영)3-1
탁석산	'왜?'라고 묻기, 답을 찾기, 평가하기	천재(박영목)3-1
홍익희	신대륙의 숨은 보물, 고추 이야기	천재(노미숙)3-1